耄耋瑣記

葉喆民題

叶喆民／著

文化藝術出版社
Culture and Art Publishing House

图书在版编目（CIP）数据

耄耋琐记 / 叶喆民著．— 北京：文化艺术出版社，2016.12
ISBN 978-7-5039-6224-0

Ⅰ．①耄… Ⅱ．①叶… Ⅲ．①散文集-中国-当代
Ⅳ．①I267

中国版本图书馆CIP数据核字(2016)第295358号

耄耋琐记

著　　者　叶喆民
责任编辑　程晓红
装帧设计　顾　紫　楚燕平
出版发行　文化艺术出版社
地　　址　北京市东城区东四八条52号（100700）
网　　址　www.whyscbs.com
电子邮箱　whysbooks@263.net
电　　话　（010）84057666（总编室）　84057667（办公室）
　　　　　（010）84057691—84057699（发行部）
传　　真　（010）84057660（总编室）　84057670（办公室）
　　　　　（010）84057690（发行部）
经　　销　新华书店
印　　刷　国英印务有限公司
版　　次　2016年12月第1版
印　　次　2016年12月第1次印刷
开　　本　710毫米×1000毫米　1/16
印　　张　13
字　　数　167千字
书　　号　ISBN 978-7-5039-6224-0
定　　价　29.80 元

自序

我生于20世纪20年代，光阴荏苒，不觉年逾九旬。回首前尘，每每悲欣交集，感慨良多。

记得杜甫《戏为六绝句》诗中有“别裁伪体亲风雅,转益多师是汝师”的名句，暮年思之，犹觉意味深长。

我早年毕业于北京大学文学院，曾先后师从罗复堪、溥心畬、徐悲鸿三位先生学习书画。同时从父叶麟趾教授学习陶瓷，并得到陈万里、孙瀛洲二位先师的指导。

在故宫从事陶瓷研究期间，我不仅有幸仔细观摩数十万件的故宫陶瓷藏品，还曾随同孙老去上海博物馆鉴定藏瓷，得以细致考察十余万件文物，并和陈万里先生一同进行了大量田野调查，同时深入考察了各地博物馆。此外，我亦曾多次独自探访全国各地名窑，1985年我率先指明河南宝丰清凉寺窑就是汝窑窑址，并予以论证，因此引发了20世纪80年代末河南文物工作者的继续发现和发掘，从而解决了陶瓷史上长期遗留的一大难题。

20世纪80年代起，我于中央工艺美术学院任教授，同时还在中央美术学院、北京大学、香港中文大学等高等学府以及全国各地文物博物馆系统讲授陶瓷史及书法史课。我在教学中始终恪守“学而不厌，诲人不倦”的古训箴言，将多年积累的心得，直接传授给青年一代。

多年来，我坚持笔耕不辍，撰写陶瓷论文百余篇，陶瓷文献注说、陶瓷科技、考古以及书法领域的多部专著。其中包括：《中国古陶瓷科学浅说》《中国陶瓷史纲要》《中国古陶瓷文献备考》《寻瓷访古漫记（上篇）》（连载于《中国文物报·收藏鉴赏周刊》）《汝窑聚珍》《隋唐宋元陶瓷通论》《中国书法通论》《饮流斋说瓷译注》《书法进阶》等。此外，还曾多次参加国际学术会议及书法展览，部分论文编入专辑，多幅书法作品为海外博物馆所收藏。

回顾多年来的治学之路，其间虽历经坎坷，却始终心怀“不畏浮云遮望眼”之信念，此非亲历者不能知晓。记得宋代诗人陆游曾有“古人学问无遗力，少壮功夫老始成。纸上得来终觉浅，绝知此事要躬行”的名句，近人杨啸谷先生在其《古月轩瓷考》一书内也有“始知耳闻著书与著书太快，或不晚岁定稿，出书太早均有此失，旨哉斯言”的感叹。他们的话均可谓寓意深刻，语重心长，值得深思。

《傅山书札》有云：“伤哉吾渐老，永矢作愚公。”自忖虽至耄耋之年，犹不揣谫陋，钩沉拾遗而敝帚自珍，以不负愚公之志，抑或可如孟子所谓“学问之道无他，求其放心而已矣”。

是为序。

目　录

辑一　桑榆忆往

纪念罗复堪先生

罗复堪先生晚年像

说起老北京的“四大书家”，凡是艺林中六十岁以上的人们多已久闻其名。他们是宝熙（瑞臣）、邵章（伯褧）、罗惇㬊（复堪）、张伯英（勺圃）。其中，独擅“章草”的就是罗复堪先生。

“章草”本是我国书法史上最早出现的一种草书。东汉草贤崔瑗曾赞美它说“状似连珠，绝而不离。畜怒怫郁，放逸后奇”。并且指出其实用意义是“兼功并用，爱日省力”。唐代兼能书法的《书谱》作者孙过庭也称道它“务简而便”。因此，古来书家以章草名世者不乏其人。然自宋代以后逐渐失传。宋人黄伯思在《东观余论》内即曾慨叹：“（章草）至唐绝罕为之，近世遂寂然无闻。盖去古益远，妙旨弗传，几至泯绝矣。”元、明、清时期能章草者除康里巎巎、邓文原、宋克等屈指可数外，能得其神韵者尤其罕见。而今虽然各体书法多已得到继承和发扬，但是“章草”的衰微现象却未见有所改变，似应对此种书法予以足够的重视。因此更加怀念我的启蒙老师罗复堪先生。

先生名惇㬊，字子燮，号照岩、敷庵、复庵，又号复堪（一作戡），别署羯蒙老人。广东顺德人。为罗瘿公先生（名惇曧）之从弟，康有为先生之弟子。曾就读于广雅书院，京师大学堂译学馆

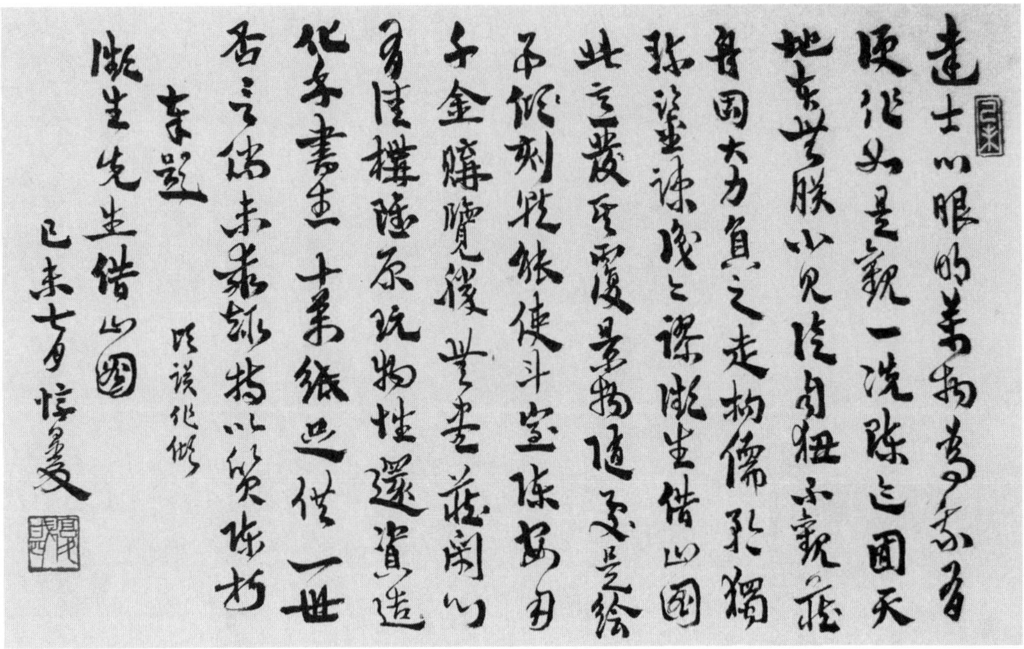

罗复堪题《借山图》

肆业。12岁开始习欧体书，15岁又攻颜字，18岁后潜心临习汉魏碑及各家草书，终能以章草享誉书坛。早年北京出版的《艺林月刊》、《艺林旬刊》中常有其题字和作品。并曾鬻书于厂肆，人获其字莫不珍藏。民初所铸银元的“壹圆”二字即出于先生手笔，当时报刊上誉为“现代章草第一人”。在《郑诵先书法选》序文内有启功先生几句话，说“当时习章草者共推罗复堪先生，郑亦常出入罗先生之门”，可见他的功力深厚和为人推崇的程度。先生晚年曾在国立北平艺专及北京大学文学院执教书法，新中国成立后受聘为中央文史馆员。那时左臂病残不能直伸，犹每日作书不辍，直至83岁逝世，期间70年从未间断。擅书之外亦精于绘事，然不轻易示人。我曾经见先生所作花卉，追踪青藤、白阳，画中有书，清爽脱俗。尤其长于诗文，著有《三山簃学诗浅说》《唐牒楼金石题跋》《晚晦唐帖见》《羯蒙老人随笔》《书法论略》以及《论书示

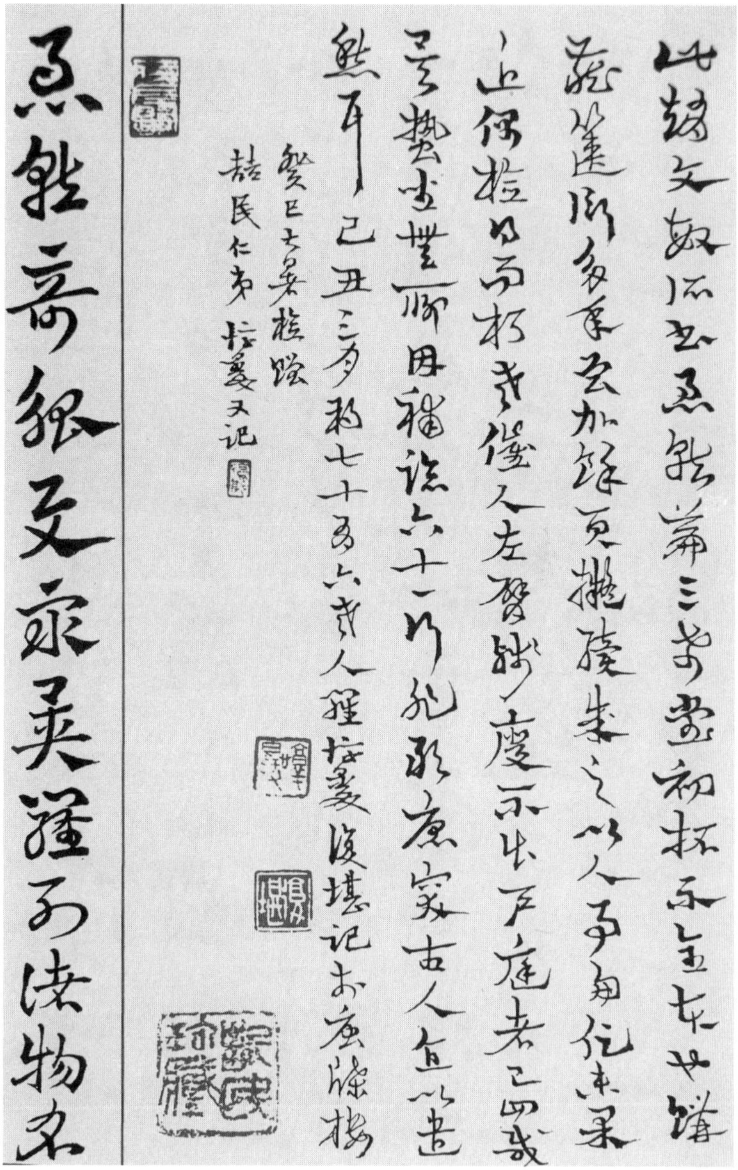

罗复堪章草书跋

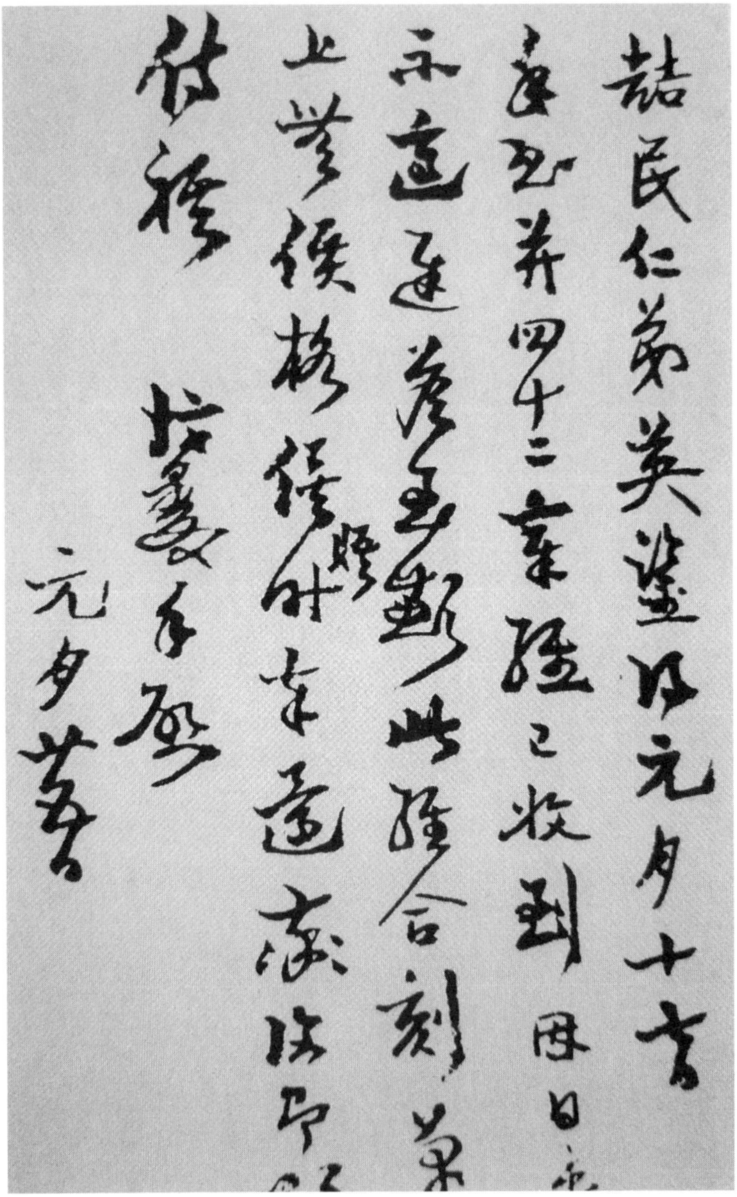

罗复堪尺牍

罗复堪章草联

门人六十首》等多种。其中有的在先生临终前数年，亲自缮写成册寄赠予燕京大学图书馆，至今仍为北京大学图书馆所珍藏。有的送与海外亲友保存，现有香港出版的影印本。当初我所抄录的有《三山簃学诗浅说》及《论书示门人六十首》，而后者是照先生手书原稿精心摹写，力求形神俱似，什袭宝藏视同真迹。曾返借与先生后人罗宗霱兄发表在香港《书谱》内，得以广为流传，裨益海内外学界。

回忆我最初从罗老师学习书法，正当16岁的青春少年，而先生那时已是65岁的龙钟老人了。但这半个世纪的差距，并未形成师生间如今某些人所谓的“代沟”。他那博学多识、诲人不倦的高尚品质与严肃认真、循循善诱的教学态度，乃至刚正不阿、洁身自好的处世作风，迄今犹使我难以忘怀。光阴荏苒，不觉半个世纪又匆匆过去。于今我已至晚年，而且同样在美术院校指教书法，追思往事大抵如烟似幻，只有老师音容历历仍在目。记得第一次拜见罗先生适值我刚刚迈进大学门坎，由于我在中小学读书时即酷爱书法，临摹碑帖略有基础，所以特意拿了一张自鸣得意的临王梦楼书《王太夫人寿序》习字请求先生评阅。那时少年浅学、狂妄无知，原以为将会当众受到赞赏,不料竟被先生训斥一番。他援引前人的评论指出了王文治（梦楼）的书法姿媚有余而雄厚不足，要我改习他们（米芾、赵孟頫、董其昌、王文治等）的祖师爷李邕（北海）的书法。并且为我讲述了“取法乎上,得乎其中。取法乎中,得乎其下”的治学道理。这是我一生难忘的收获，也成为我以后用来教育学生的重要理论根据。如此一连三载每日用功临摹，终于从中悟得了所谓“香象渡河”的结体和运用中锋的笔法。回头再看王梦楼书法果然大有逊色。至今时隔几十年，而那张习字与先生的批语仍留作纪念保存在手边，每当我重新观摩，便不禁陷入往事的沉思而缅怀不已。

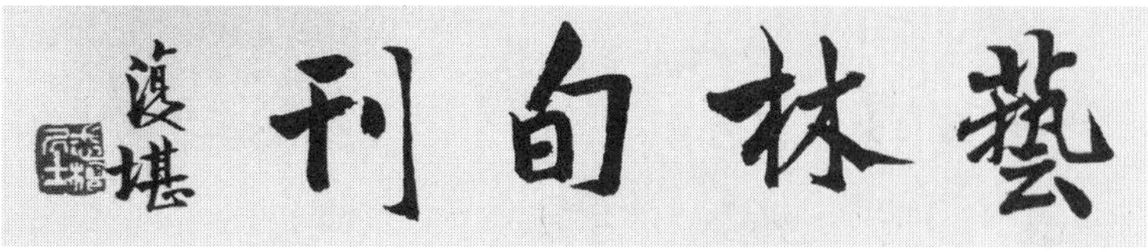

罗复堪题字

先生逝世后，我有一次偶然翻阅《欧阳文忠集》，在“试笔”章内见有“李邕书”一节，其中写道：“余始得李邕书，不甚好之。然疑邕以书自名，必有深趣。及看之久，遂为他书少及者。得之最晚，好之尤笃。譬犹结交，其始也难，则其合也必久。”读之再三，联想自己当初改学李书的经过和心情，不意竟与古人暗合。故此，愈加深刻体会到罗老师指导有方，发人深省。可是在他如此直言不讳、一针见血的教育方式下，当日也有不少同学因承受不起先生的当众批评和时间的考验而纷纷辍学。因为书法、绘画等课在校属于业余研究性质，不计学分，所以直到毕业时经常只剩我一人按时听讲。还记得那时先生是乘坐自用的人力车，每次来校授课我都恭候在楼门外，将他搀到三楼上，稍息片刻即行开讲。或者朗读那篇《书法论略》加以解释，或者批改学生作业，高兴时偶然为我临写王献之《洛神赋》、唐太宗《温泉铭》或自书章草集句等以作示范。这些片纸只字在我看来有如零金碎玉一般，迄今仍然保存未曾散失。

左起：李释戡、黄秋岳、赵叔雍、梅兰芳、齐如山、罗复堪

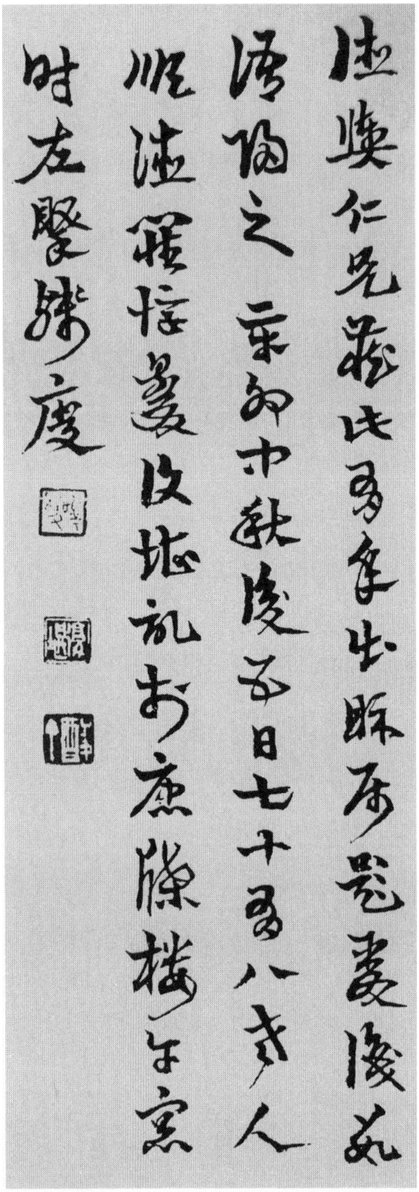

罗复堪章草尺牍

至于过去师生间的真挚感情，凡是老年人自然都有过切身的体会，勿庸赘言，我也不能例外。诸如年节叩拜、走路搀扶、平时侍立等礼貌，于今说来当然多属封建的“繁文缛节”，且已渺茫难

罗复堪节临周颂壶铭篆书 扇面

罗复堪节临周颂壶铭篆书 扇面

罗复堪节临《淳化阁帖》草书扇面

见，甚至有些还会引起哄堂的。然而就在去年到香港讲学时，一个已毕业的日本研究生来中文大学宾馆见我（他曾来京留学，从我专习古陶瓷及书法三载），进门时竟然大礼参拜、跪地叩首。我在猝然“受宠若惊”之余，忽又想起当年自己叩拜罗老师的情景，不禁怅然若失，恍如隔世。

另一件印象较深的事，是在20世纪40年代初期，有一年仅二十余岁的“青年书法家”，自恃其财力与招摇的手段到处请人题跋，出版了一本个人作品专集。有几个应时对景的达官贵人、名流学者，居然为之题字作序颂扬备至。此人曾数次携带厚礼登门请求罗先生为其品题以抬高身价，均被严词拒绝乃至闭门不纳。追忆罗老师当年对其鄙视不屑的批评，益感先生慧眼识人，既可想见先生刚正无私、耻为佞人张目的高风亮节，同时也可为某些只凭夤缘或书写招牌、出版字帖，或靠电视宣传、当众表演，铜臭与市侩气十足而妄称“书家”者戒。

罗老师如此严于律己和爱护晚辈，堪称人之诤友，我之良师，正所谓“书如其人”。试看他的书法笔力瘦硬而苍润有余，结体俊拔而古雅无比，好似铁画银勾、苍松翠柏，又如清癯高士、骨鲠学究，令人始望之而裹足，继而肃然起敬，终将五体投地，亦如欧阳修之学李邕书法一般。自忖从师学书十五载，今虽年逾花甲犹未辍临池，但是对比先生中年之作仍有愧色。因知书法之道于功能外，天赋与修养缺一不可。在此方面何妨借用先生《论书诗》中的一首，以见其真知卓识：

读尽千碑书始成，初从博涉后专精。

此中贵有诗书气，方信人非浪得名。

缅怀溥心畬先生

溥心畬先生中年像

我拜识心畬先生是20世纪40年代中期，那时候我正在清华大学工作。由于自幼对书画艺术的酷爱及对先生品学的敬仰，曾在先父面前向溥先生正式行过拜师大礼。更因我们同是满族后裔，所以师生的感情亲密无间。当时他住在颐和园乐寿堂一所宅院里，我则住在颐和园对门的升平署内。每遇闲暇常去请教书画和诗词之学，多是他侃侃而谈、谆谆教诲，我却因刚从北京大学毕业不久，初出茅庐，很多事物见所未见、闻所未闻，唯有洗耳恭听而很少能主动提问。有些事在当时并未求甚解，谁知竟错过了再次观摩的机会。

我现在从事陶瓷史教学，其中必须讲述的一种驰名中外的“流霞盏”、“卵幕杯”，原是见于文献的明代陶艺家吴为（别称“吴十九”）精心制作的绝品。有一次先生正在欣赏这件非常名贵的家藏古瓷，适值我去登门求教，他兴致勃勃地为我讲了许多关于这方面的知识。由于我那时是去请教书法的，对古陶瓷的兴趣还不似今日这样浓厚，所以他所讲的话早已记不起来。但是那好似晚霞般的瑰丽釉色与那薄如蛋壳似的轻盈胎体，却始终留在脑海里。每当我讲到这种名铄古今而故宫展品中也不曾有过的珍贵文物时，它的形影就会浮现在我的眼前。从先生的赫赫身世与博学多闻想来，此物恐非一般赝品，必有一定的来历。因此常常懊悔当初未能仔细观摹，主动问学。

还有一次我去看望溥先生，正遇他弹拨丝弦，身旁站着当时的曲艺名家谭凤元先生，在演唱溥老师谱写的“岔曲儿”。弦音铿锵，歌声嘹亮。我因受先慈的影响自幼便喜爱曲艺，特别是单弦、大鼓之类，所以默坐在一边凝神屏息、倾耳静听。当日屋中只有我们三人。时隔四十余载，他们虽已相继作古，但那弦声、人影和笑貌依稀犹如前日一般。据说他有时也引吭高歌、自弹自唱，可惜我始终无缘一聆高音。余今亦年逾花甲，将近先生没世之岁，回首前尘不禁神往。

有时候我也曾反躬自问，既受溥师教诲五易寒暑，为什么对这样的生活场景如此印象深刻?而今仔细想来，固然是因为师生都有着共同的爱好，但更主要的原因是，先生在绘画、书法、诗词方面有其众所周知的卓越成就，尤其对于陶器、铜器等古代文物乃至民间曲艺均有很深的研究使然。而这些方面的修养和造诣，往往为人们所忽视，然而却是以前不少文人墨客们所共有的特长。例如上述的明人吴为、陈继儒、米万钟，以及清人梁同书、唐英、陈鸿寿等，都是擅长书画而兼善古陶瓷的名家。或有考古专论，或能亲手制陶，他们传世的作品至今仍被奉为典籍，视为珍品。又如宋人姜夔之工于诗词、书法，尤其精通音乐，迄今仍有他谱写的乐曲偶能闻之。他的《续书谱》更是后世书家们奉为圭臬的名著。而现代的程砚秋先生、梅兰芳先生等京剧大师们书画作品的雅致多方，无疑是同他们的表演艺术相辅相成的。这类事例在人们心目中并不陌生。如果进而联系我国古陶与文字的历史渊源，以及音乐和书法的艺术共性，均足以说明溥心畬先生对这些方面的笃实爱好直接与其书画的高度成就密切相关。这也是我之所以在此特意记述的主要原因。

我手中原来保存有先生的信札多篇，不幸都在“文革”期间

溥心畬行书联

随同大量碑帖的散失而毁去。目前仅有其所临《书谱》字幅及画扇残存。此外还有先生手书《皇清一品夫人多罗特氏墓志铭》悼亡文稿一件，乃是我当年为之缮写后求得的“稿书”墨宝。此稿文情并茂，书法妙绝，堪称呕心沥血之作，故一向什袭珍藏，幸得免于焚琴煮鹤之痛，然而后来却被一个中日混血的研究生大村俊（又名刘俊）以借看为名骗走。余如先生手拓的战国“齐”字砖文和汉代墓砖文字，上面均附有题诗，并有我的启蒙老师罗复堪先生的题句，二纸也因藏于别处而侥幸保存下来。而这些正是他潜心陶文孜孜不倦的历史见证。只是他所著的《陶文存》《金石考略》等有关陶瓷、金石研究的专论，则仅闻其名而未读其文，他年有幸还应补上我失学的一课。

行笔至此，想起了李白的两句诗说：“萋斐暗成，贝锦粲然。泥沙聚埃，珠玉不鲜。”我相信先生昔日的盛名，必不致长此没没。不过，在此还需借用他晚年对海外弟子们常讲的几句语重心长的话，作为本文的结尾：“如若你要称我画家，不如称我书家。如若称我书家，不如称我诗人。如若称我诗人，更不如称我学者了。”

悲鸿先生谈书法

徐悲鸿先生像

长期以来，我总想撰写一篇阐述悲鸿先生在书法艺术方面的高深造诣的文章，然而由于种种原因始终未能如愿。于今目睹书法园地百花争艳、新蕾倍添，而先生音容宛在心田。现就回忆所及，略记片段，聊表纪念之意而已。

悲鸿先生对于书法艺术一向极为重视，但却不同一般迂阔之论，他深入浅出、平易近人地将书法比作“音乐”之美、“金石”之声。例如他在自己收藏的一部稀有的六朝残拓——《积玉桥字》[1]题跋中开头便说：“天下有简单之事，而为愚人制成复杂，愈久愈失去益远者，中国书法其一端已。中国书法造端象形，与画同源，故有美观。演进而简，其性不失。厥后变成抽象之体，遂有如音乐之美。点画使转，几同金石铿锵。人同此心，会心千古。抒情悉达，不减晤谈。故贤者乐此不疲，责学成课，自童而老不倦。嗜者躭玩，至废寝食。自汉末迄今几两千年，耗人精神不可胜数。昔为中国独有，东传日本，亦多成癖。变本加厉，其道大昌。倘其中无物，何能迷惑千百年‘上智下愚’如此其久且远哉?”

由此可见他不仅深谙书法艺术的衍化兴衰、来龙去脉，而且比喻精辟，语重心长。他早年曾受业于康有为，记得给我看过一幅康书横幅篆字题额。上面有“悲鸿仁弟天才也"之句。康氏书法及所著《广艺舟双楫》久已蜚声艺林，而其主要贡献在于提倡汉魏六朝书法。徐悲鸿在良师的影响下非但酷爱北朝书法，更在理论上有进一步的阐发，就在这篇跋文中继续写道：“顾初民刊甲骨已多劲气；北魏拙工勒石弥见天真。至美之寄往往不必详加考虑，多方策划。妙造自然，忘其形迹。反之，自小涂鸦，至于白首，吾见甚众，而悉无所成也。古称‘业精于勤’，焉有结果相反，若此刺谬哉？无他，一言以蔽之，未明其道故也。其道维何?曰书之美在德，在情，惟形用以达德。形者，疏密、粗细、长短，而以使转宣其情。如语言之有名词、动词而外，有副词、接词，于是语意乃备。”

此处提出的“劲气”、“天真”，正是他所欣赏的“妙造自然，忘其形迹”的具体表现。记得先生平时最喜谈论“天趣”、“稚拙”，联系此说可谓如出一辙。其评论对象，除了我们日常所见的各种甲骨、钟鼎文字与六朝碑板以外，本文引用的题跋原拓——《积玉桥字》，便是他平生最为喜爱的一本罕见的六朝字体。由于原石已佚，所以我当时曾借来摹拓一部，顺便将跋文抄录在后，珍藏至今。旁边墨写书小字乃是我照先生原注字迹临写而成。也可藉此看出他举一反三、由此及彼的学习方法，以及他治学认真、细致严格的做事态度。

徐先生对于这类字体的艺术性的推崇备至，他在这方面的爱好之笃与功力之深，我想再列举三事加以说明。

一是在他的故居客室里悬挂一幅摩崖隶书《汉杨淮表纪》的整张拓片，气势磅礴、结构天成。二是他在病危临终前，床头桌上仍放着一本《散氏盘铭》放大影印本，而且平时最喜临习。曾送我两纸《虢季子白盘》习字，可见一斑。三是他在中年流居海外的困难条件下，仍然研习魏碑不肯间断。1950年曾以他1939年在新加坡临的《魏灵藏》《爨龙颜》等碑字见赠，并且勖勉有加，发人深省。通过以上事例不难看出，他对钟鼎文字及汉魏六朝字体的酷好已达到坐卧与共、患难不失的的程度。

悲鸿先生在讲述汉魏六朝字体时，常以所谓“奇而正”的成语来评论其真价值。这种所谓“奇而正”、“正而奇”的说法，虽然在清人包世臣的《艺舟双楫》内也曾见及，但终乏深刻论证。而他在这方面则加以具体补充和进一步发挥。并且每以各种梨的味道来比喻各种字体的令人陶醉的艺术风格。记得当时我还提问“可否用各种人的不同风度来比喻各种字体的美丑善恶?”更以六朝人奇而正的“山林味”来应对先生指出的某些正而奇的“庙堂气”。先生对于这些均曾莞尔默许，至今虽已事隔三十寒暑，而此情此景宛然犹似昨日。

既然他十分重视那种浑穆天成、纵横自如的三代六朝书风，因此在题跋最后补写道：“古人并无‘笔’，更无今日之所谓‘法’。”基于以上论点，他在文中指名批评何绍基说：“今号称善书之何子贞，学《张黑女碑》才习数字，至于汗流浃背[②]。其乖如此，误人如此，安得不去道日远乎?”

他的这种观点，曾不止一次地对我谈论过。如再对照跋文开头认为“天下有简单之事，而为愚人制成复杂”的一段话，岂不正是指的这类言过其实、小题大作的事例么?当然，我体会先生之评论并非全面否定何绍基字体，而是不同意其在书法上故弄玄虚而已。他的主要意图正如跋文最后一段所说：“余悲此道之衰，而归罪于说之谬。爰集古今制作之极则，立为标准。亦附以淆人耳目之恶，裨学者习于鉴别善恶之明，而启其致力之勇，其道不悖，庶乎勤力不废，克能有成。”

显然，他这篇题跋的中心思想，是要“悲此道之衰，而归罪于说之谬，爰集古今制作之极则，立为标准”，同样的思想也贯串

南朝积玉桥残字一

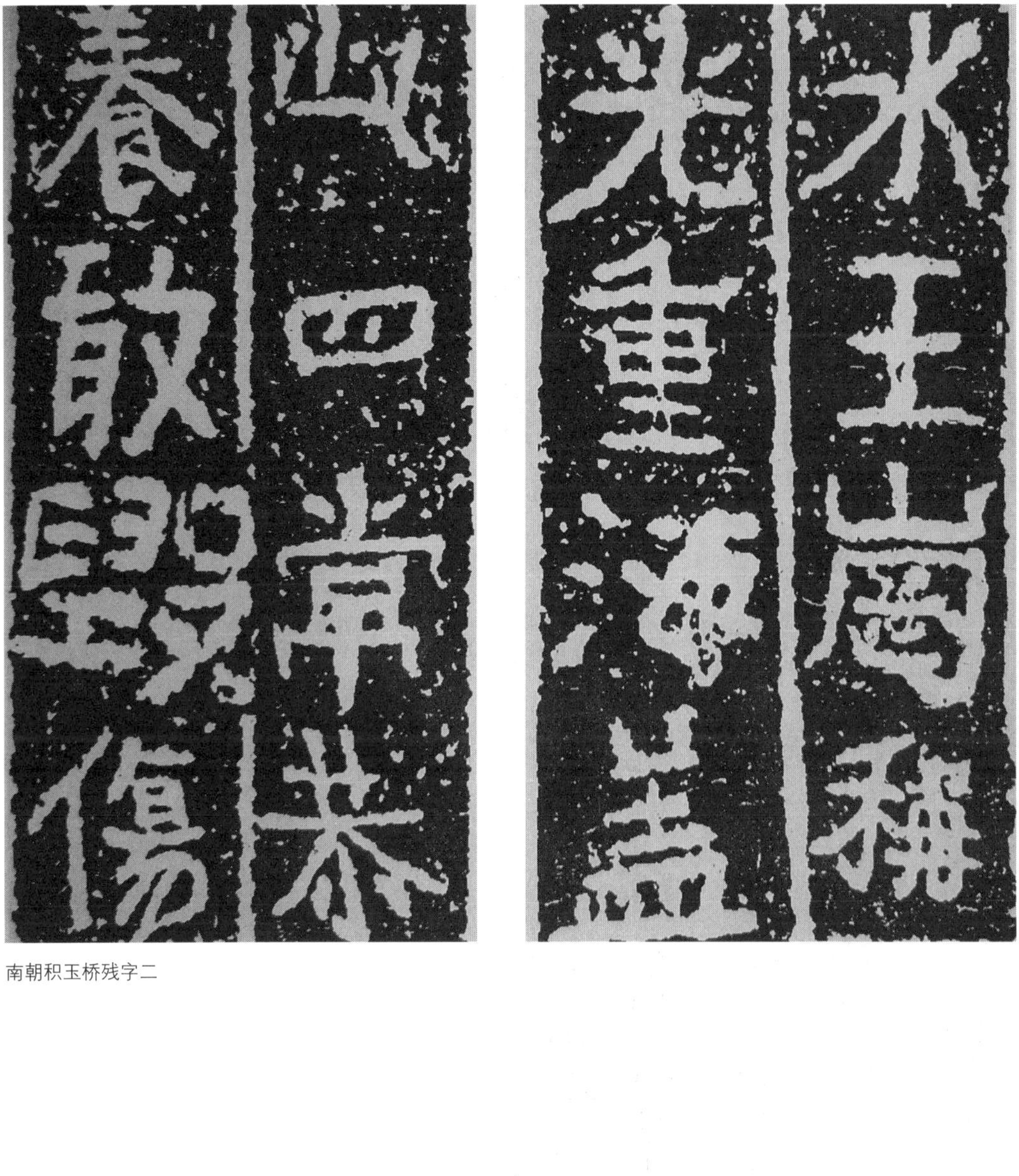

南朝积玉桥残字二

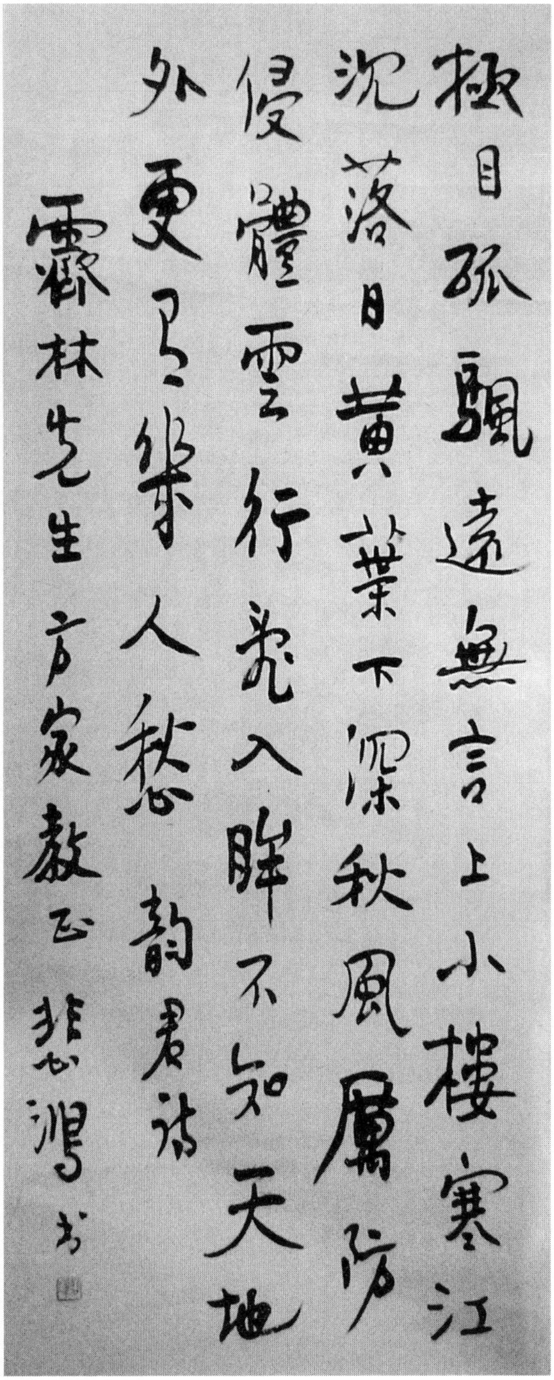

徐悲鸿书五言诗

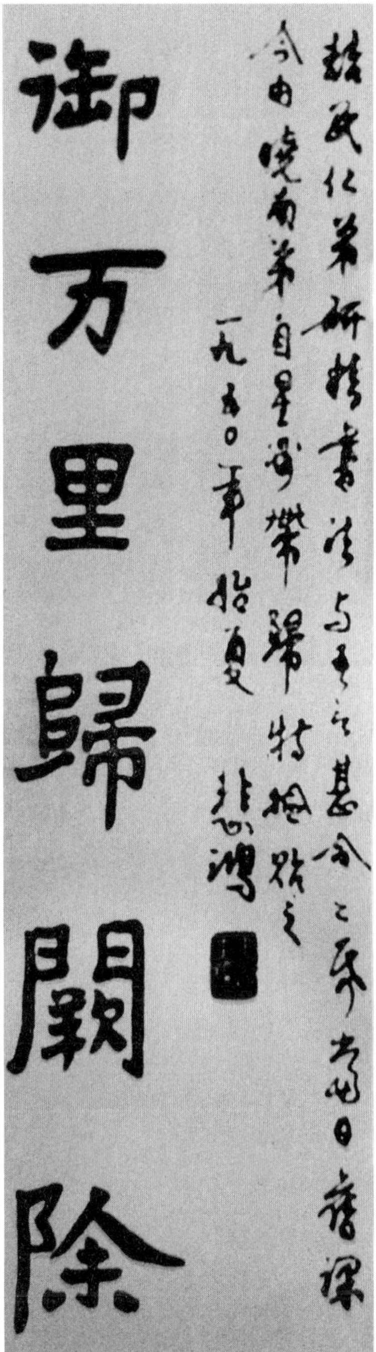

徐悲鸿临《魏灵藏造像记》书跋

徐悲鸿工作照

在他平时教导的言行中。记得他曾再三表示过希望我能做一番集古人最美字体的工作。可惜竟未能实现。言念及此，但增愧恨。只有将这一有意义的工作寄托给再传的下一代了。

应该提出的是，徐先生在欣赏商周甲骨、钟鼎文字与汉魏碑志、造象字体的同时，还重视学习唐宋墨迹、阁帖及明人草书。他曾赠我一幅汉《子游残石》全拓和一部《宋拓王羲之十七帖》影印本，并且在上面亲自用隶书及草书题签。连同前面所赠篆书、真书，足以看出他的功夫全面，可谓篆、隶、草、真无不精能，而且别有新意。他尤其喜欢倪元璐、王铎、傅山等人的行、草书。常对我称赞说“倪元璐字格调最高”、“王铎草书是怀素后第一人”。我亲见其室内周围挂满王铎墨迹十余幅，因此受先生的启发到处搜求王铎真迹。然而由于鉴赏水平所限，几次误购赝品，均为先生点破，逐渐有所心得。由此也可见他是冶碑帖于一炉，并非偏废一端的名符其实的书画大家。为此我希望喜爱和学习徐先生画法的青年们，切不可忽视他在书法方面的真功夫，只有全面领会方能得其真髓。否则恐将流于黄庭坚所谓“世人只学兰亭面，欲脱凡骨无金丹”的困惑境地，很难再提高一步的。

在如何学习书法的具体教研方面，先生也是独出心裁、别开生面的。他曾教我将碑帖、法书分别照字的部首加以剖析，临摹若干遍记住其特征，即离开原作进行默写，然后再对照原作找出不似之处加以改正，并要悬之壁间自己观摩，谓之“医字”。如此反复行之数周，自然可以大体掌握其结构和神态。此种行之有效比较科学的临习方法，我曾亲身有所体验，果然事半功倍。但这仅是为了初学某种字体打下结构上的有利基础，并不等于说中国书法轻而易举，可以躐等求进，甚或因此而忽视其艺术内涵。如笔力的苍劲，气韵的流畅，乃至格调的高超等。这一点正如前面跋文中所说“倘其中无物，何能迷惑千百年‘上智下愚’如此其久且远哉?”

以上的片段回忆难免挂一漏万，然而主要是为了将我手中抄录的先生论书全文和平时所记言行公诸于世，庶使其真知灼见不致长此湮没，以供更多的书法爱好者们研究参考。而在我印象中最深的不仅是他的博学多才和对美术界的卓越贡献，更加难忘的乃是他一贯对青年们那种循循善诱、使人如浴春风的谦和态度和远见卓识。犹记1951年前后，有一次我向他建议提倡书法艺术，先生婉言回答说：“现在希望有你这样一些青年能暂时维持，等以后文化建设高潮到来，我相信会有不少‘天才’出现的。特别是在农村中。”几十年来他的话时常萦绕在我的耳畔，鞭策着我在书法艺术上勇往直前。正如他高瞻远瞩的一般，果然当前全国普遍重视书法，而且新人辈出，欣欣向荣。假使先生能活到今天，不知将何等欣慰！

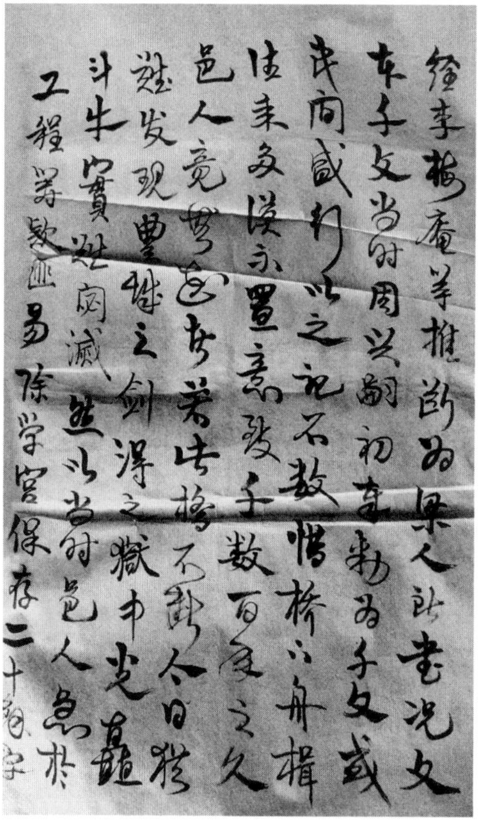

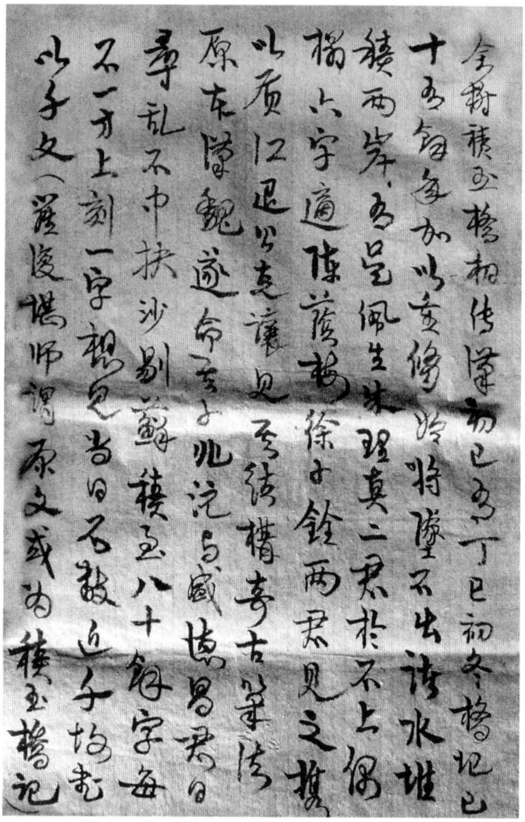

叶喆民跋《积玉桥字》墨迹

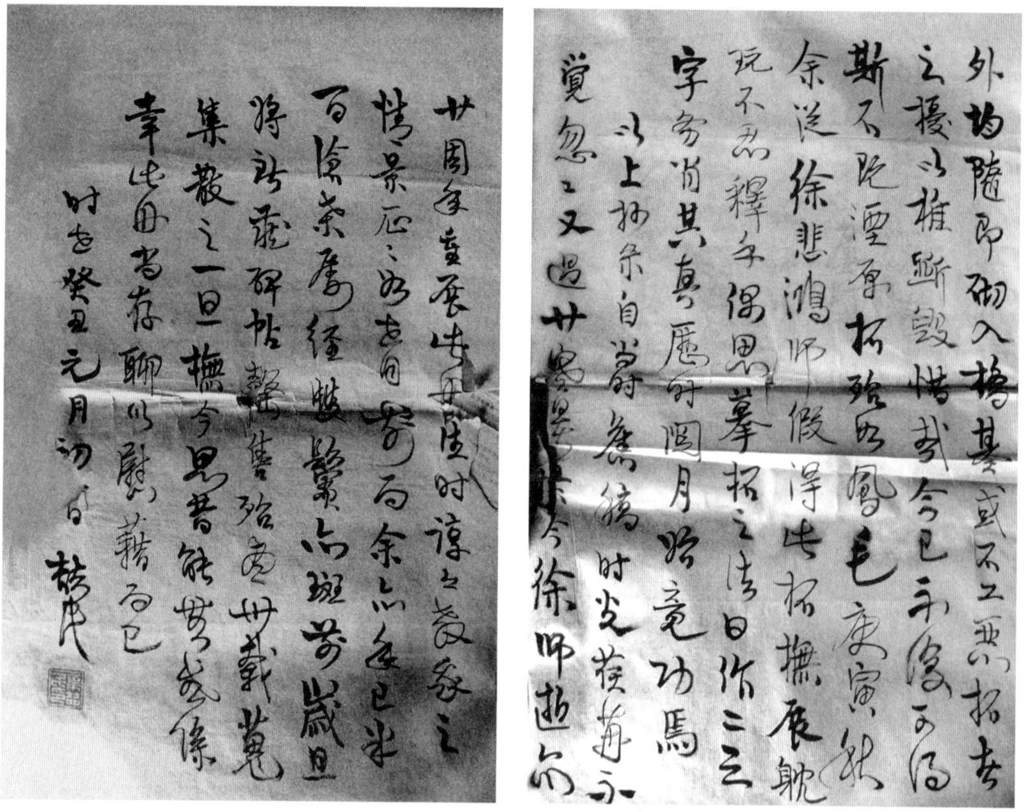

叶喆民跋《积玉桥字》墨迹

注释：

① 积玉桥又称“全树积玉桥”，相传汉初已有。昔年桥圮，为吴佩生、朱理真二人于石上偶拓得六字，（疑为“后”）请教于江克让，江见字体结构奇古，遂命其子又拓得八十余字。因当时石数近千，每石上刻一字，故断为“千字文”。罗复堪先生则认为或是“积玉桥记”。后经李梅庵等鉴定为南朝梁人书法。可惜邑人修桥时除保留二十余石外，其余均随即砌入桥基，今已不可复得。徐悲鸿先生所藏者乃是影印本。

② 何绍基，字子贞，号东洲，又称蝯叟，湖南道州人。道光年间进士，翰林院编修。书学颜真卿及李邕，自成一体，善用回腕法，所书神韵缥缈，不落俗习。曾跋《张黑女墓志》云“每一临写，必回腕高悬，通身力到，方能成字。约不及半，汗浃衣濡矣”。（见《东洲草堂金石跋》）

纪念我师陈万里先生

陈万里先生像

我认识尊敬的陈万里先生是在20世纪50年代末期，因为他是先父志同道合的老朋友，也是我一向仰慕和私淑的老师。20世纪60年代我来故宫工作后，更得到老人家言传身教的亲自指导与随侍左右的窑址考察。他在我们陶瓷考古工作者的心目中，是我国陶瓷考古工作的开拓者，也是当之无愧的中外闻名、功绩卓著的先驱学者。因为他是我国近代第一个走出书斋将现代考古学的方法与陶瓷研究相结合的实践者，永远值得我们纪念和学习。

他在《龙泉访古记》（最初写于1928年5月，那时我只有4岁）中写道："（6月）6日，5时起，6时10分启程。今早雾气颇浓，出门时还是仿佛微雨似的。从小梅镇斜向东北约二里上岭，其时天气已晴好。在岭上望小梅镇，完全为雾气笼罩着，下岭三里大梅镇，人家只有十余户，跟小梅比起来相差远了。……十里到大窑。此处有初级小学校一所，晤教员谢、周二君，由他们引导去看从前的窑地。离校只有数百步，在对面的山麓，面积约有30亩，挖的处处都陷成大井，破碎瓷片满目皆是。据说开始挖掘在民国二年（按:就是1913年），十余年来出过不少好的物件，先后都被古董商收去了。破碎的瓷片我随便捡拾得十余种。大小烧窑时的器托（按:就是垫饼）亦多散在……此种碎片现在没有人顾问，我想在考古学上是很有意义的。因为此处种类颇多，色彩、式样以及其他种种，很可以排比起来作一系统的说明。在研究上有如此丰富的陈列，还是何处可以找得到呢?至于物件的完整与否，还不过是供赏鉴家的玩意儿，实际与考古学没有多少关系……”

从这短短的一段文字中，不仅可以知道陈老当初首次到龙泉考察窑址的具体时间、地点和所见到古董商人造成的残破景象，同时也表现出了陈老对祖国文物的爱护精神与对陶瓷考古工作的高明见解。这在当时国内外考古学界多重视陶器（彩陶）文化的发现与发掘工作（如仰韶文化、龙山文化、马家窑文化等等），而忽略了瓷器方面的探讨来说，应该说是高人一筹，并且敲响了振聋发聩的一声警钟。联系他后来一贯地身体力行，坚持不懈的多年去各大窑址实地考察，以及诲人不倦的栽培后学的工作看来，他既是一位先知先觉的学者，又是一位启迪后学的导师。在他的指引和教导下培养了一批又一批的陶瓷考古工作者，而且代代相传，取得了世界瞩目的研究成果。

故宫博物院自20世纪50年代开始的对144处古窑址的调查研究，就是在陈老的指导和带领下进行的（这在《紫禁城》2006年第1期的“调查亲历记”内可以参见）。后来“故宫博物院古陶瓷研究中心”的成立，也是在如此深厚坚实的基础上建立起来的。这有利于中外考古学者们对中国古陶瓷研究的学术沟通，也符合陈老当年倡导窑址调查工作的理想和愿望。

在《龙泉访古记》里，陈万里先生继续写道：“（6月）8日……九时廖君来访，关于龙泉瓷窑的事实，吾们谈得很多……我取出所得的碎片标本给他看，他说：‘可惜大窑的碎片数年前已有一外国人托人成箱的装运出去。现在极好的碎片已不易觅得。’在我所捡拾的大窑碎片十余种之内，只有这些最好，但是还非大窑极名贵的色釉。他又说吾国人到龙泉来收集碎片，我是第一个人。”

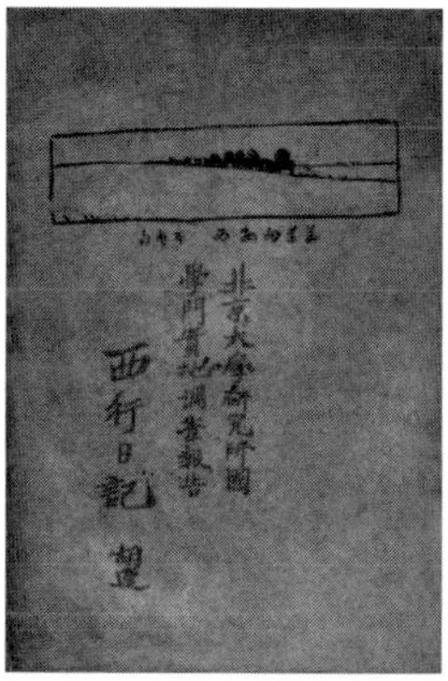

《西行日记》书影

面对这一事实与称赞，陈老却自谦说：“不过我很惭愧，因为我对于瓷器没有研究过。这一次的收集是我个人觉得一件有趣的事情。我并不想做什么‘鉴赏家’，更不配做‘收藏家’。希望随手捡拾些人家所不要、所不注意的碎片，预备作为研究的对象。”

由此可以想见老人家的志趣是多么高尚和单纯，目光是多么敏锐和远大。关于窑址出土瓷片的重要作用与理想的研究方式，陈老接着指出：“何况此处有如许多古窑的地址，是完全确定无疑义的。那一处的东西，很少会混杂别处的东西在内，所以极其纯粹，研究起来更为便当。不然，单单拿了几件物品，要判断它的窑名，确是一件困难的事。有此原因，极愿意跋涉许多路，仅仅搜寻十余片断裂破碎的瓷片。我更希望大规模的收集，博物馆或其他文化机关能派遣专员来任此事。收集以后，把各个窑址所搜集来的分别陈列出来，供研究龙泉窑人们的参考……”

这方面龙泉市新建的市博物馆已经做到了。近年故宫博物院更加全面地加以实现，而且扩充到全国著名瓷窑，面向全世界的观

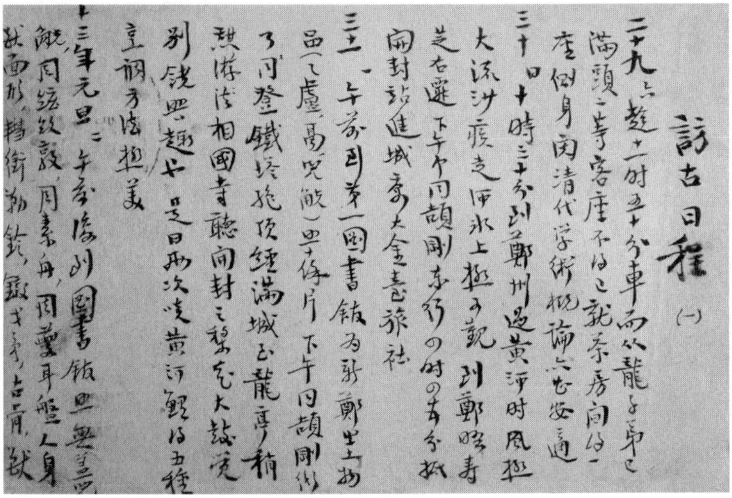

陈万里先生手迹

1962 年考察榆次窑时在晋祠周柏前合影（自右至左：吴连城、陈万里、叶喆民、冯先铭）

众与中国古陶瓷研究工作者。由此可见陈老早在80年前就已认识到窑址调查与出土瓷片的重要性，同时也预见到文博系统在这方面的工作任务和理想措施。

对于陈老最先考察龙泉窑和以后又去越窑、九岩窑等窑址多次调查的成就，我国著名的老一辈文史学家罗常培先生曾经在《瓷器与浙江》序内，总评他的最大贡献说："他在龙泉窑以外发现大窑、竹口、枫堂、新亭各处的窑址，又轰动杭市。搜罗余姚上林湖的碎片和绍兴九岩窑的瓷器，打破昔日仅仅以龙泉窑代表浙江古代瓷器的谬见，这的确是对于认识浙江瓷器方面的一个进步。"罗老接着又说："他能独具慧眼注意到图案花纹的研究，证实了有唐末叶五代以及北宋初期的绘画作风，并从浮雕着的狮、镂空的花草，找出浙瓷和后代雕瓷、镂花、开光种种不同的制作的关系。这在考古学和艺术史上是何等的灼见!"

20世纪50年代以后，陈老又着重于北方窑址的考察和研究工作，发表了一系列的重要论文，如《调查平原、河北两省古代窑址报告》《邢、越二窑及定窑》《禹州之行》《汝窑的我见》

《1950年以来对于古代窑址的调查》以及磁州窑的《陶枕》等和近年来故宫出版的《陈万里陶瓷考古文集》。特别是在陈老亲自教导下，造就了一批古陶瓷研究的专门人才，成为我国陶瓷考古学界的中坚力量。并且传承着他的遗志，为中国陶瓷事业做出了不少有益的工作。

在纪念陈老丰功伟绩，谈他的重要贡献的时刻，作为一名曾在故宫学习和工作多年的陈老所亲自教导过的学生和中国陶瓷史的研究与教学工作者，对于故宫博物院院长吴仲超先生高瞻远瞩、一贯支持窑址考察工作与对老一辈专家学者们的纪念，表示衷心的感谢和钦佩。我愿意并且也希望下一代的中、青年学者们能够认真学习陈老始终不变的爱国敬业的精神和他数十年如一日的实践出真知的窑址考察学风，以及他学而不厌、诲人不倦、鞠躬尽瘁、死而后已的作风，把我国古陶瓷学取得的成就永远保持和发扬下去。

纪念我国陶瓷界老前辈叶麟趾先生

叶麟趾，字锡嘏，满族，北京人，公元1888年10月31日生。毕业于京师大学堂（北京大学前身）译学馆，1904年赴日本东京高等工业学校（后改名东京工业大学）留学窑业。1909年学成归国后从事水泥、陶瓷工业。因鉴于我国当时陶瓷业受外资威胁而濒于绝境，曾与弟麟祥集合民族资本于1923年创办北京瓷业公司，担任工程师，培养了一批新的技术人员。并在房山县杏黄村一带寻得优质瓷土，用来制造瓷器、堪与江西陶瓷公司制品媲美（现仍保存有当时所制样品）。但是由于战乱频仍，复缺乏资力，终未能与洋瓷周旋到底。其后，潜心致力于窑业教育工作，执教于国立北平大学工学院，并在该院学刊《化学季刊》上发表《扩充窑业教育之意见》一文（见《化学季刊》第二期，1933年10月版），指出当时高等教育忽视窑业之种种弊端，力陈陶瓷、洋灰、玻璃三项专门教育之重要性：

考吾国古来之工艺，曾以陶瓷为世界之冠。并为东西各国取法之源，以其发明最早，制造甚精。故迄今西洋各国犹以支那（china）为瓷器之代表名词，则昔日之盛况可想而知矣。……乃自前清中世以降，陶瓷技术渐次衰退，以至今日，其间虽有希望改良而为学术上之研究者，然于实际上殊乏圆满

叶麟趾先生旧照（1934 年前后）

之成绩。以故输出递减，输入渐增，国内每年产额日见其少，虽仍不失为大宗国产，然较外国陶瓷产额之有三倍乃至八倍于此者。其相差程度颇形悬殊。究其所以然，盖以吾国陶瓷技术率皆墨守旧法，且有粗制滥造之弊，实为衰退之最大原因。从而制品愈况愈下，美术之品既不如前代之精良，而实用之物又不如外国之完整。甚且以外国之由科学上已经公开之制法，今犹恃为无上之秘传，亦足见程度之幼稚。非以专门的高级教育打破此等秘密，而为公开的学术化，则吾国古来擅长之陶业恐此后无发扬之一日也。……惜乎国内教育、实业两界对此尚未充分注意，岂竟仅恃古代精良之陶瓷以夸张于现代而已耶？……自今观之，吾为陶瓷先进国，反落后数十年矣。急起直追已嫌其晚，况乎置之不理，或理而不专，恐国内如是名产渐次消灭，任外国喧宾夺主，以为长足之进步。而吾国工业上可耻可惜之事将莫甚于此矣。至于玻璃、洋灰两项，就大体而论，在吾国工业中虽属较为先进者，然以吾国原料与人工之充分，果亦完全施行专门教育而经营之，其发展之能力，当亦不亚于陶瓷事业。要之，窑业进展之要图，虽有种种，而其专门教育之发达实有最大之权威，固不待言也。

他在该文中不仅抨击了当时教育之忽视硅酸盐工业，而且具体倡议说：

至于高级教育，如昔之高等工业学校或工业专门学校，则制度上之窑业科亦少有设立者，大都并入应用化学科内，以为专修课程，而适当之设备亦并无之。此项专门教育既已如是不振，事业前途，自无良好之希望。且自工业专门学校改为大学以来，关于此项学科之设施，亦仍旧等闲视之，尤为遗憾。以高级之窑业专门学术，附属于应用化学科内，仅专修于一学年，而又缺乏适当设备，则其程度薄弱、难济于实用，不言可知。亟宜详审利害得失之点，仿照东西各国有效之成规，另设窑业科而为扩充之举，方可培养此项学术之基础，以图斯业之进展也。

他在热心提倡窑业教育、重视改进现代陶瓷的同时，还对我国古陶瓷进行调查和科学研究。并且在生活困难的条件下仍然节衣缩食在家自建小窑炉，带领子弟亲身试作各种仿古瓷釉，以为生产上借鉴之用。至今家中仍保留有他当时所作的大量试釉瓷片及实验情况的照片。

1934年他根据多年调查研究的成果，发表了《古今中外陶瓷汇编》一书（原载当年北平大学工学院所编之《化学季刊》，以后又出单行本）。其中最为突出的贡献是，他解决了多年遗留的定窑窑址问题，并列举古今窑址为陶瓷考古工作提供了有力的线索，对此许多中外书刊进行了评论。例如1963年出版的《中国的瓷器》一书评论说：

定窑，以往文献说是在河北的正定，叶麟趾先生《古今中外陶瓷汇编》一书中首先提出，定窑在今河北曲阳县。抗日期间，日本人（按即小山富士夫）曾在该地作过调查。解放后故宫博物院又作过两次实地调查，证明了叶氏的说法。从此定窑真相更为人们所了解。

另在日本《陶磁》13卷2号内有小山富士夫所作《关于定窑窑址的发现》，文中也回忆说：

关于定窑窑址，象青天霹雳一样使我感到震惊的是，叶麟趾所著《古今中外陶瓷汇编》中的一段记载。这本著作虽然是仅有五十余页的小册，然而在最近刊行的颇有崭新的具体意见的陶磁书籍中，却是最使我敬服的作品之一。

又如陈万里等（《文物参考资料》1952年第1期、1953年第9期；《文物》1959年第7期）以及河北省文物工作队（《考古》1965年8期）的定窑调查和发掘报告；英国伦敦大学出版的专著如*Illustrated Catalogue of TingYao and Related White Wares*, by Hin-Cheung Love11, 1964.以及美国印第安那州艺术博物馆出版的*Freedom of Clay and Brush Through Seven Centuries in Northern China;Tz'u-Chou Type Wares*, by Yataka Mino, 1981.乃至日本古陶瓷学者尾崎洵盛、米内山经凤和我国学者所写的相关论文不胜枚举。

由此可见其影响之深且远。而如此结合当时州县的历史沿革来考察论证的方法，更为后世关于古窑址的考据和探索打开了一条新的思路。如最近轰动中外的“邢窑”的发现不在内丘而在临城，便是一个明显的事例。

1937年抗日战争期间，他在北平艺术专科学校首次创设了陶瓷系，从事于陶瓷专门人才的培养工作。胜利后继续担任陶瓷系主任教授。新中国成立后该校改为中央工艺美术学院，不久陶瓷系并入中央工艺美术学院。由于当时工作需要，他应邀去中央重工业部及轻工业部担任工程师，并到工厂（如唐山启新瓷厂、彭城第一瓷厂等）帮助改进生产。在此期间，他曾结合生产总结经验，发表了《电用瓷器》（重工业出版社1954年版）、《陶瓷烧窑法》（轻工业出版社1958年版）两部科普性著作，深受广大技术人员及工人们的欢迎，对新中国陶瓷工业的生产发展起了一定的作用。但因他年近七十，患有肺气肿病，终于不得不离职退休。

在居家疗养期间，尽管他动辙喘息，却仍然力疾从事写作、接受咨询，热心参加全国陶瓷会议；同时担任中央轻工业部陶瓷顾问与故宫博物院专门委员的工作。在1958年大病复苏之后，不顾医生和家人的劝阻，克服了严重的哮喘痛苦，又完成最后一部论著《陶瓷工业》。然而未及出版，即于1963年10月因肺心病而溘然长逝，终年75岁。

他为人谦和，讷于言，不汲汲于名利。可以说毕生尽粹于我国硅酸盐事业，对奠立陶瓷专业教育、发展现代陶瓷生产、乃至发现古代定窑窑址，都是不无微劳的。他在轻工业部召开的我国第一次全国陶瓷会上的发言中，曾有“活到老，学到老，愈老愈虚心”的话被特意记录刊出，也是他一生谦虚谨慎和教导后人的治学态度的具体表现。

叶麟趾先生京剧研究笔札（摘录）

以下这些戏都是可以使它不至于失传的好戏，现在的角色认为可演的，例如马连良与裘盛戎的《天水关》；谭富英与叶盛兰的《镇潭州》《黄鹤楼》；马连良与叶盛兰的《八大锤》；侯喜瑞（或马富禄）、谭富英、于连泉（或吴素秋）的《战宛城》；叶盛兰的《雅观楼》；姜妙香的《监酒令》；姜妙香与哈宝山的《射戟》；萧长华与吴素秋的《荷珠配》；萧长华的《荡湖船》；姜妙香与言慧珠的《能仁寺》；梅兰芳与姜妙香的《马上缘》；李洪春与裘盛戎的《华容道》、与袁世海的《古城会》、与姜妙香的《临江会》；李洪春与谭富英的《战长沙》；马连良与谭富英的《宫门带》；尚小云、叶盛兰、张君秋的《得意缘》；谭富英、裘盛戎、景荣庆、袁世海、哈宝山的《鱼肠剑》；李盛藻、李和曾、袁世海、景荣庆、马富禄的《浔阳楼》（由宋江题反诗起，至捉黄文炳止）；裘盛戎的《御果园》《白良关》《牧虎关》；郝寿臣的《伐齐东》。

尚小云与李少春的《娘子军》（又名黄天荡）；谭富英的《战虢亭》《南阳关》《摘缨会》《取帅印》；谭富英与裘盛戎的《取荥阳》《战北原》；谭富英与袁世海的《牧虎关》；裘盛戎的《五台山》《渭水河》《选元戎》；张君秋的《祭江》《落

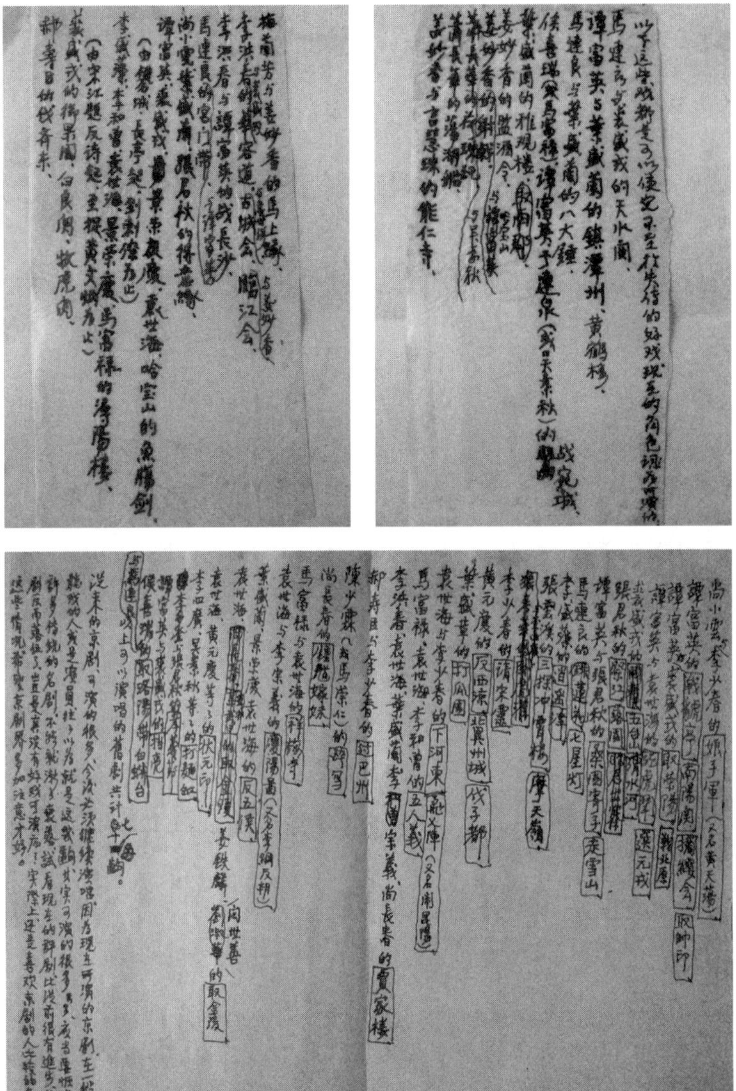

叶麟趾先生京剧研究笔札

关》；谭富英与张君秋的《桑园寄子》《走雪山》；马连良的《七星灯》；李盛藻的《逍遥津》；张云溪的《三探冲霄楼》《摩天岭》；李少春的《请宋灵》；黄元庆的《反西凉》《冀州城》《伐子都》；叶盛兰的《打瓜园》；袁世海与李少春的《下河东》《飞叉阵》（又名《闹昆阳》）；马富禄、袁世海、李和曾的

《五人义》；李洪春、袁世海、叶盛兰、李宗义、尚长春的《贾家楼》；郝寿臣与李少春的《过巴州》；陈少霖（或马崇仁）的《醉写》；尚长春的《钟馗嫁妹》；马富禄与袁世海的《祥梅寺》；袁世海与李宗义的《庆阳图》（又名《李纲反朝》）；叶盛兰、景荣庆、袁世海的《反五侯》；袁世海、姜铁麟、闫世善的《取金陵》；袁世海、黄元庆等等的《状元印》；李四广、吴素秋等等的《打面缸》；李多奎与张君秋的《孝义节》；谭富英与裘盛戎的《挡亮》；侯喜瑞与马连良的《取洛阳带白蟒台》。以上可以演唱的旧剧共计七十出。

从来的京剧，可演的很多，今后必须继续演唱，因为现在所演的京剧，在一般听戏的人或是演员，往往以为就是这几出，其实可演的很多，应该要恢复许多传统的名剧，不能就见它渐渐衰落，试看现在的评剧，比从前很有进步，京剧反而落伍了，岂是真没有好戏可演么？实际上还是喜欢京剧的人比较的多。这些情况，希望京剧界多加注意才好。

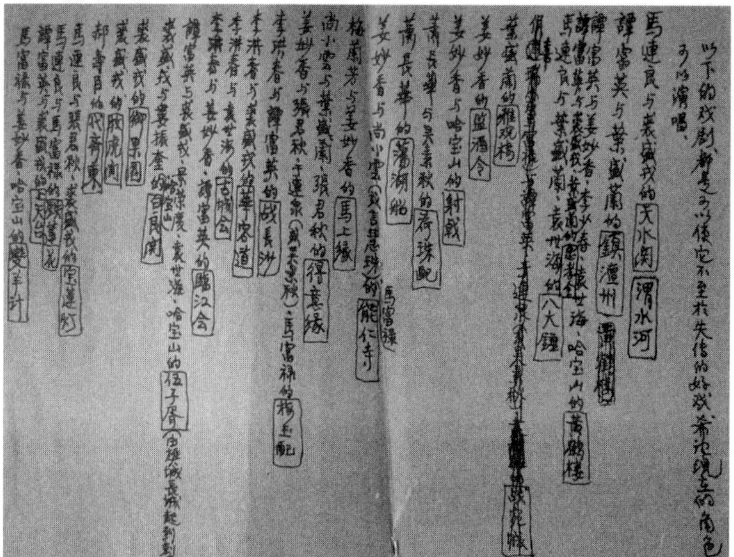

叶麟趾先生京剧研究笔札

以下的戏剧，都是可以使它不至于失传的好戏，希望现在的角色可以演唱。

马连良与裘盛戎的《天水关》《渭水河》；谭富英与叶盛兰的《镇澶州》；谭富英与姜妙香、李少春、袁世海、哈宝山的《黄鹤楼》；马连良与叶盛兰、袁世海的《八大锤》；叶盛兰的《雅观楼》；姜妙香的《监酒令》；姜妙香与哈宝山的《射戟》；萧长华与吴素秋的《荷珠配》；萧长华的《荡湖船》；姜妙香与尚小云（或言慧珠）、马连良的《能仁寺》；梅兰芳与姜妙香的《马上缘》；尚小云与叶盛兰、张君秋的《得意缘》；姜妙香与张君秋、于连泉（或吴素秋）、马富禄的《梅玉配》；李洪春与谭富英的《战长沙》；李洪春与裘盛戎的《华容道》；李洪春与袁世海的《古城会》；李洪春与姜妙香、谭富英的《临江会》；谭富英与裘盛戎、景荣庆、袁世海、哈宝山的《伍子胥》（由樊城长城起到刺僚）；裘盛戎与娄振奎、哈宝山的《白良关》；裘盛戎的《御果园》；裘盛戎的《牧虎关》；郝寿臣的《伐齐东》；马连良与张君秋、裘盛戎的《宝莲灯》；马连良与马富禄的《铁莲花》；谭富英的《上天台》；马富禄与姜妙香、哈宝山的《变羊计》。

除以上所说程长庚的学生以及与他有直接关系的各名角色外，还有各角色如下：

老生：周春奎、张二奎、王仙舟、龙长胜、刘景然、李顺亭、李鑫甫、贾洪林、许荫棠、沈三元、韦久峰、高傅陵、鲍吉祥、双厚亭、谢宝云、白文奎、时慧宝、刘春喜、贵俊卿、王又宸、王雷、张毓庭、王凤卿、余叔岩、黄文白、德建堂、孙矮子、三麻子、汪笑侬、刘鸿升、高庆奎、吴铁庵、孟小如、郭仲衡、金继贤、周信芳、张春彦、雷喜福、陈喜兴、马连良、谭富英、梁益鸣、哈宝山、陈少霖、马□□、恩晓峰（女）、杨菊芬

（女）、孟小冬（女）、徐东明（女）、陈子田（太监）。

老旦：谭叫天（小叫天谭鑫培之父）、周长顺、梅处、龚云甫（龚处）、王鼎臣、李多奎、姚玉芙。

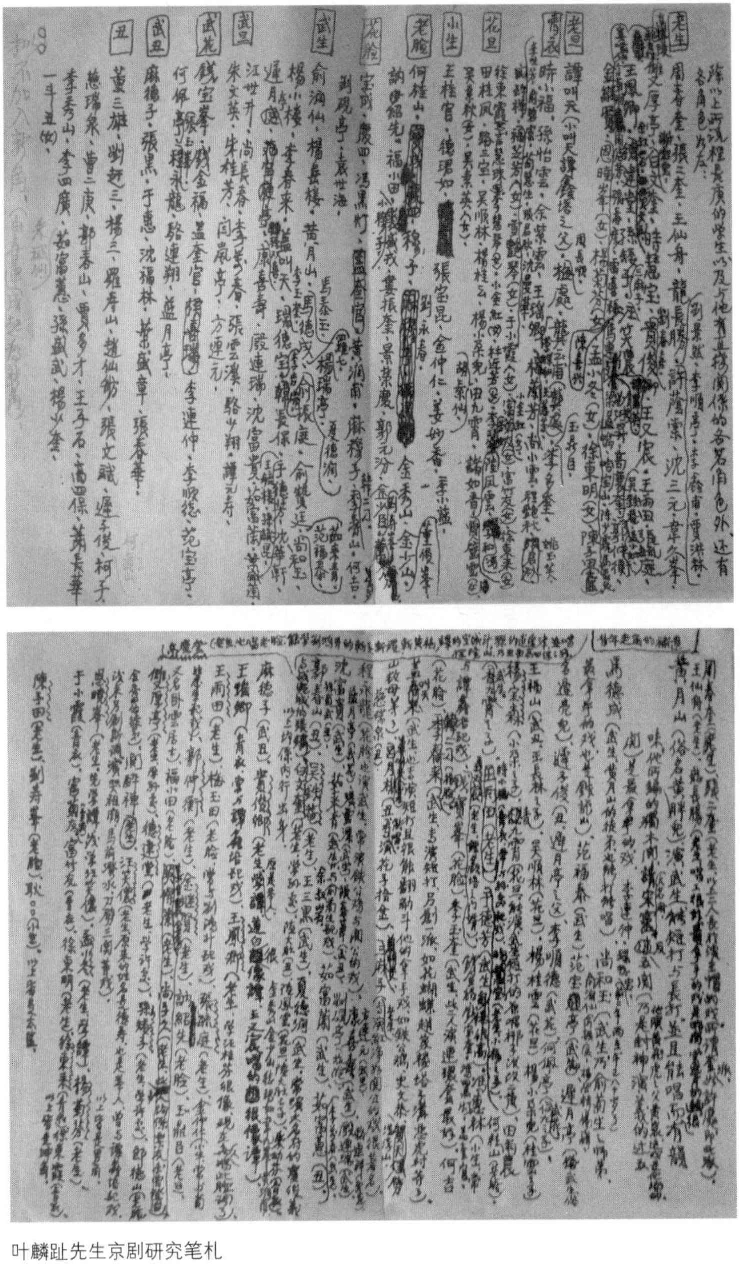

叶麟趾先生京剧研究笔札

青衣：时小福、孙怡云、余紫云、王瑶卿、荣蝶仙、王慧芳、梅兰芳、尚小云、程艳秋、张君秋、关醉禅、李世芳、俞碧云、荀慧生、张君秋、沈曼华、福芝芳（女）、雪艳琴（女）、于小霞（女）、小金红（女）、富菊友（女）、富竹友（女）、徐东来（女）。

花旦：徐东霞（女）、言慧珠（女）、李慧琴（女）、小金红（女）、林近芳（女）、李慧芳、田桂凤、路三宝、吴顺林、杨桂云、杨小朵儿、胡素仙、田九霄、诸如香、陆凤云、冯子和、贾璧云、吴素秋（女）、吴素英(女）。

小生：王桂官、德珺如、张宝昆、金仲仁、姜妙香、季小蓝。

叶麟趾先生京剧研究笔札

老脸：何桂山、穆子、刘永春、金秀山、金少山、董俊峰、讷绍先、福小田、小穆子、裘盛戎、娄振奎、景荣庆、郭元汾、金少臣、刘寿峰。

花脸：宝成、庆四、冯黑灯、盖奎官、黄润甫、麻穆子、韩二刀、李寿山、何吉、刘砚亭、袁世海。

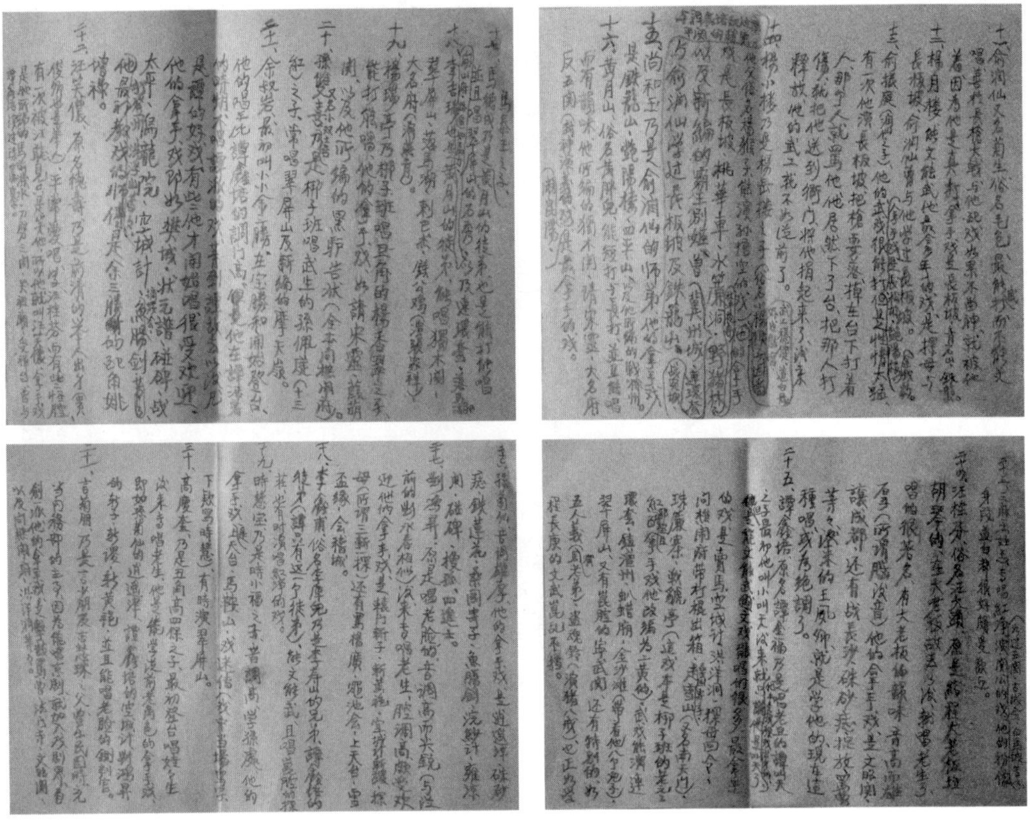

叶麟趾先生京剧研究笔札

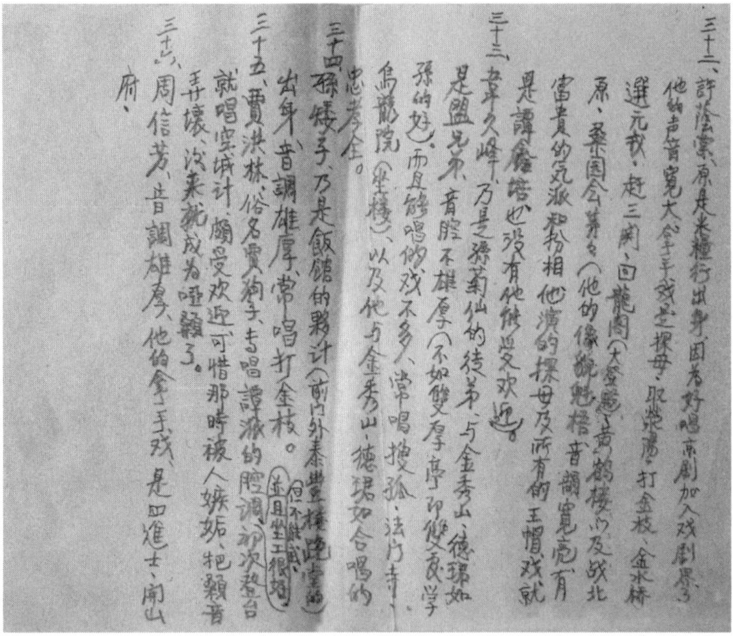

三十二、許蔭棠，原是米糧行出身，因為好唱京剧加入戏剧界了
他的声音寬大，拿手戏是探母、取荥陽、打金枝、金水橋
選元戎、赶三関、回龍閣（大登殿）、黄鹤楼以及戰北
原、桑園会等等（他的像貌魁梧，音韻寬亮，有
富貴的气派和扮相，他演的探母及所有的王帽戏就
是譚鑫培也没有他能受欢迎。
三十三、李久峰，乃是孫菊仙的徒弟，与金秀山、德珺如
是盟兄弟，音腔不雄厚（不如雙厚亭）印從衣学
孫的好，而且能唱的戏不多，常唱捜孤、法门寺、
烏龍院（坐楼）、以及他与金秀山、德珺如合唱的
忠孝全。
三十四、孫矮子，乃是飯館的夥计（前門外泰豐樓跑堂的）
出身，音調雄厚，常唱打金枝。（但不能做戏，并且坐工很好）
三十五、賈洪林，俗名賈狗子，专唱譚派的腔調，初次登台
就唱空城计，頗受欢迎，可惜那時被人嫉妒，把顙音
弄壞，没来就成為啞嗓了。
三十六、周信芳，音調雄厚，他的拿手戏，是四進士、南山
府、

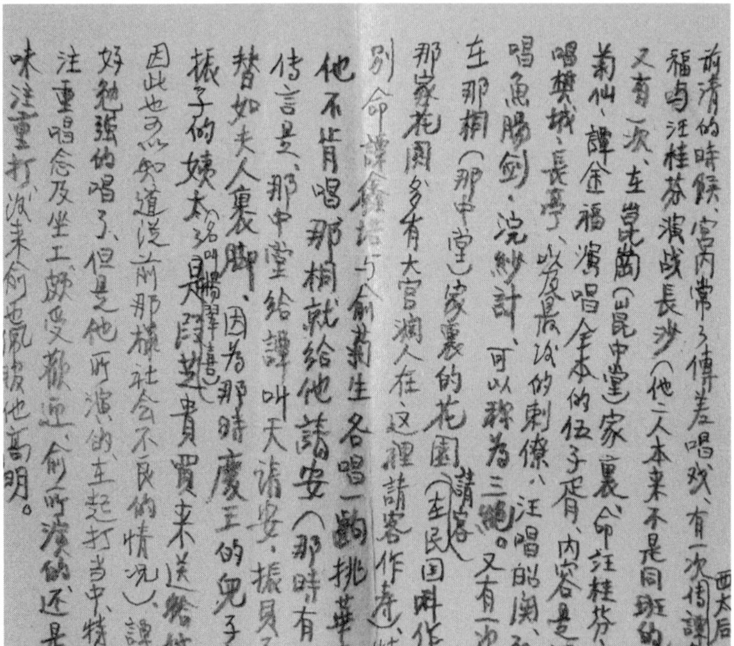

前清的時候，宫内常了傳差唱戏，有一次傳（西太后）譚金
福与汪桂芬演战長沙（他二人本来不是同班的），
又有一次，在崑崗（崑中堂）家裏，命汪桂芬、孫
菊仙、譚金福演唱全本的伍子胥，内容是譚
唱樊城、長亭，以及長戏的刺僚，汪唱昭関，孫
唱魚腸剑、浣紗計，可以称為三絕。又有一次
在那桐（那中堂）家裏的花園（在民国时作
那家花園，多有大官們人在这裡請客作寿），特
别命譚鑫培与俞菊生各唱一齣挑華車，
他不肯唱，那桐就給他請安（那時有句
傳言是，那中堂給譚叫天請安，振貝子
替如夫人裏脚，因為那時慶王的兒子載
振子的姨太（名叫楊翠喜）是大段芝貴買来送給他的
因此也可以知道從前那樣社会不良的情况）。譚只
好勉強的唱了，但是他所演的在起打当中，特別
注重唱念及坐工，頗受欢迎，俞所演的还是一
味注重打，没来俞也佩服他高明。

叶麟趾先生京剧研究笔札

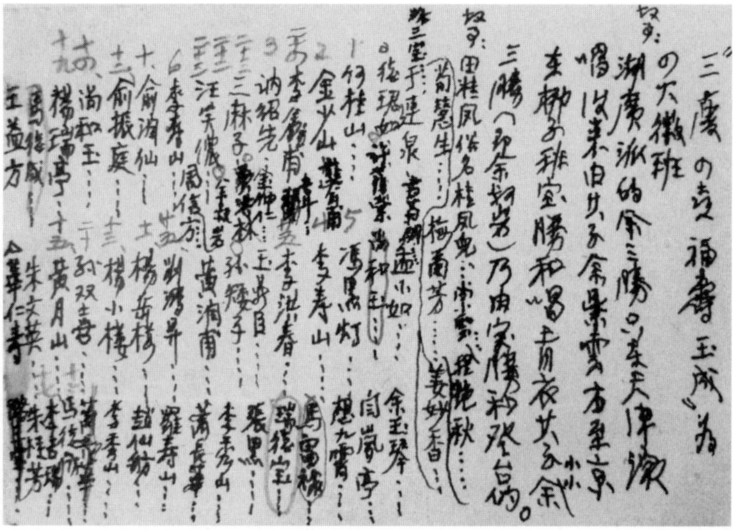

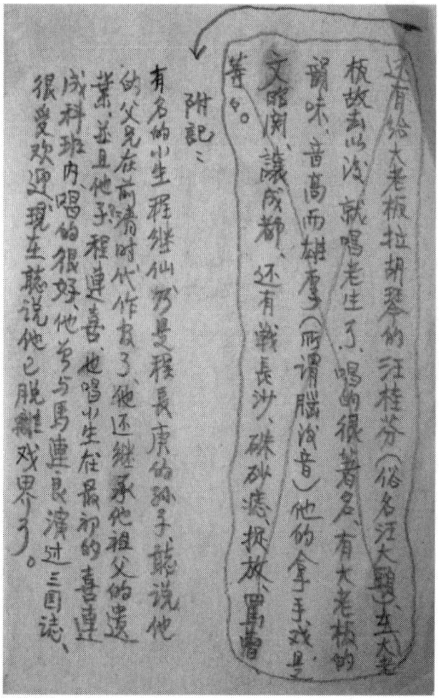

还有给大老板拉胡琴的汪桂芬（俗名汪大头）、在大老板故去以后，就唱老生了，唱的很著名，有大老板的韵味，音高而雄壮（所谓脑后音），他的拿手戏是文昭关、让成都、还有战长沙、硃砂痣、捉放、骂曹等。

附記：

有名的小生程继仙乃是程長庚的孙子，听说他的父兄在前清时代作官了，他还继承他祖父的遗业，並且他入程连喜，他唱小生在最初的喜连成科班内，唱的很好，他曾与馬連良演过三国志，很受欢迎，现在听说他已脱離戏界了。

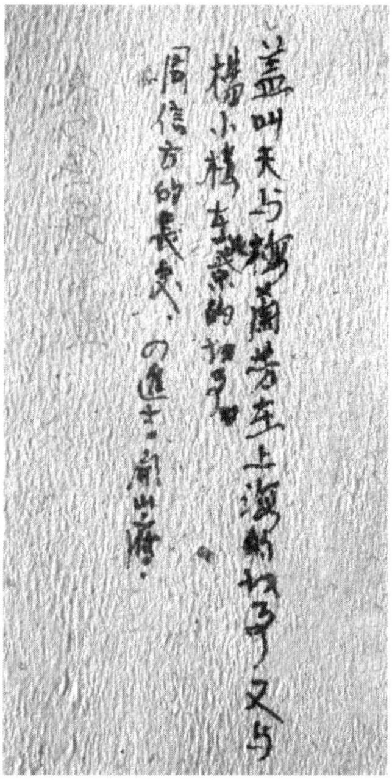

叶麟趾先生京剧研究笔札

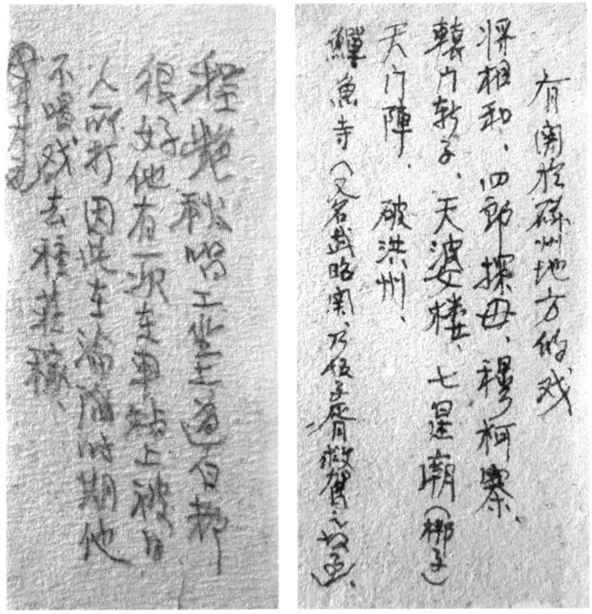

叶麟趾先生京剧研究笔札

武生：俞润仙、杨岳楼、黄月山、马泰玉、马德成、罗七、杨瑞亭、夏德润、俞振庭、俞赞庭、范福泰、茹来青、杨小楼、李春来、盖叫天、李玉奎、瑞德宝、李吉瑞、韩长保、于德芳、沈华轩、迟月亭、孙双喜、康喜寿、殷连瑞、沈富贵、茹富兰、叶盛兰。

武旦：江世升、尚长春、李万春、张云溪、骆少翔、谭元寿、朱文英、朱桂芳、闫兰亭、方连元。

武花：钱宝峰、钱金福、盖奎官、李连仲、李顺德、范宝亭、何佩亭、张玉峰、程永龙、骆连翔、蓝月亭。

武丑：麻德子、张黑、于惠、沈福林、叶盛章、张春华。

丑：董三雄、刘赶三、杨三、罗寿山、赵仙舫、张文斌、迟子俊、柯寿山、柯子、慈瑞泉、曹二庚、郭春山、贾多才、王子石、高四保、萧长华、李秀山、李四广、朱诚仙、茹富蕙、孙盛武、杨少奎，一斗丑（女）。

拟不加入新角（由喜连成起为新角）。

干校岁月

1969年前后，为响应毛泽东“下放劳动，重新学习”的“五七指示”，文化部创办了咸宁“五七”干校。文化部六千多人分三批次，从北京沿京广线南下，下放湖北咸宁的向阳湖。咸宁干校下设五个大队，二十六个连队。第二大队，含北京图书馆、文物出版社、文博研究所、中国革命博物馆、中国历史博物馆、故宫博物院。当时我供职于故宫博物院，随第二大队下放咸宁向阳湖“五七”干校。

干校驻地向阳湖是一个小湖汊，属湖沼泽地，自然条件恶劣。干校的“劳动锻炼”主要包括围湖造田、打坯建房、割麦插

干校插秧场景

秧、放牛养鸭、拉车掏粪等农活，同时搞“学习与批判”。干校流传的顺口溜“大雨大干，小雨小干，天晴不干——搞大批判”就是对干校生活的形象写照。

我在干校的工作，主要是在湖里放鸭子。其间作诗甚多，可惜随记随失，所幸故纸堆中尚存一部分。兹摘录如下：

其一：

霜叶红于二月花，坎坷半世不需诧。

钢筋铁骨应锤炼，壮志雄心岂由它。

放眼达观今古事，是非成败一线差。

寄身何必故园地，四海五湖到处家。

干校劳动场景

其二：

乱后独残半架书，归来抚卷惹梦思。
但惜碑帖无馀帙，忘却世间有遗灰。
白雪曲高终寡和，墨池笔妙几人知。
三师殁后珍藏尽，一样萧条不同时。

其三：

茫茫四海欲何之？身世哭歌正此时。
往日蹉跎须已白，半生蹭蹬鬓成丝。
文章如土能无恨，衣锦夜行岂不知？
却恐明朝开倦眼，幽吟迸泪日出迟。

干校劳作生活场景

其四：

人生几个三十年？逝水韶华一瞬间。

回首前尘都似梦，伶俜心情又重还。

沧桑几度人初老，半事无成志已残。

其五：

父母梦中见，娇妻顷刻欢。

美食病里吃，文物室中看。

书画无心作，亲朋有意远。

故乡别去后，谁悉几时还？

干校向阳湖

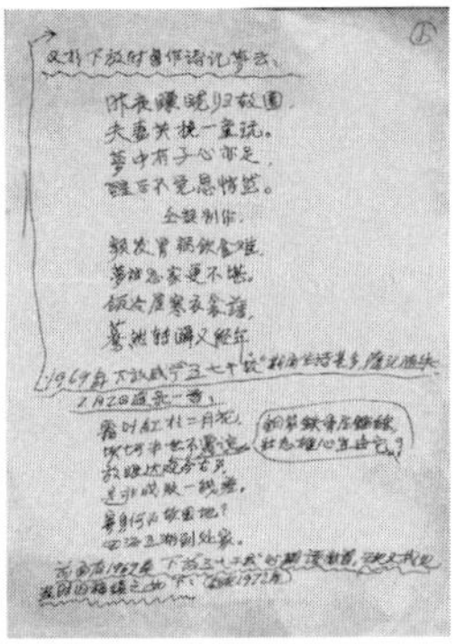
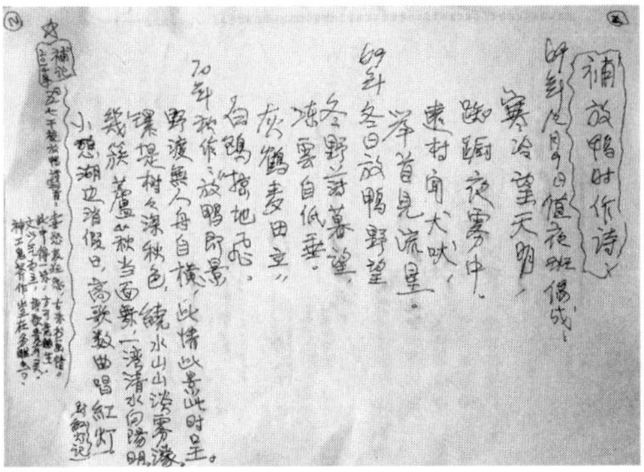
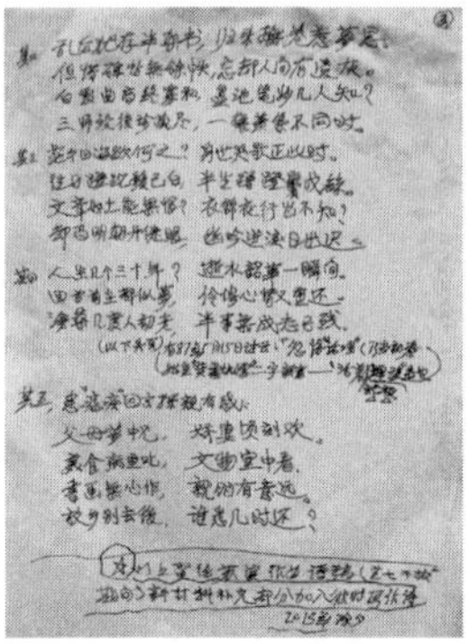

叶喆民诗稿

其六：

昨夜朦胧归故园，夫妻共挽一童玩。

梦中有子心亦足，醒后不觉思悄然。

其七：

频发胃病饮食难，梦里思家更不堪。

饭冷屋寒衣衾薄，蓦然转瞬又经年。

其八：

喜怒哀狂怨，古来书画情。

此中得一味，方可意趣生。

文以气为主，诗歌贵有灵。

神工鬼斧作，岂在务雕虫？

原稿有1987年5月15日补注云：“忽悟‘活埋’（当初传说秦始皇焚书坑儒）二字新意——活着埋没是也。”

十年浩劫中，文化部著名的作家、翻译家、出版家、艺术家、文博专家、学者几乎无不在下放之列，包括沈从文、冰心、

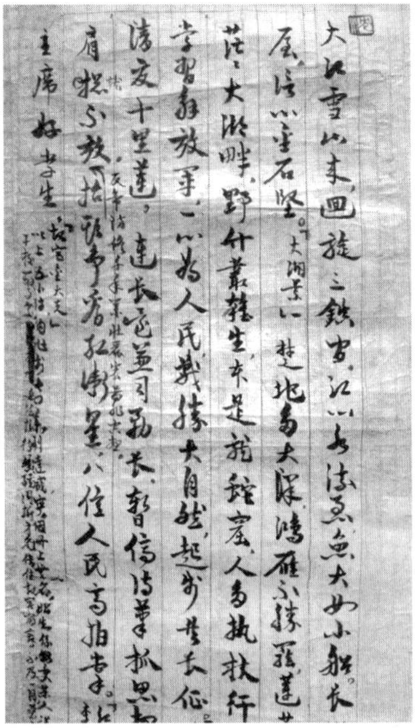

干校时期沈从文草书五言诗（局部一）

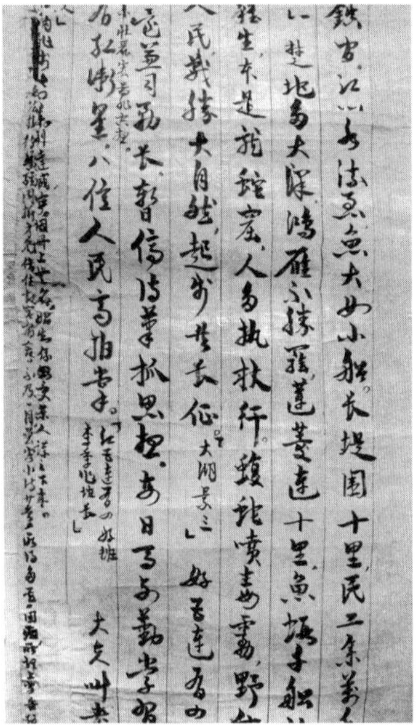

干校时期沈从文草书五言诗（局部二）

冯雪峰、张天翼、郭小川、萧乾等一大批文化名人。由于沈从文也被下放咸宁“五七”干校，我与这位文学巨匠有过一段难忘的交往。干校岁月里，沈从文仍然笔耕不辍，除了赋诗、作文，还研习书法，不叫一日闲过。沈从文以写小说闻名于世，学问也做得好，但他的书法造诣却鲜为人知。在我放鸭子期间，有一日他曾经向我借走了罗复堪先生的章草墨迹一册。还帖时，他还赠我一幅他的手书。沈从文的书法造诣很高，并非通常所谓的“文人字”。比如说，他的章草极具法度，不仅富有灵气，而且很见功力。在我的印象中，沈从文是一位非常谦虚的学者。“文革”结束后，我曾数次在开会的场合遇到他。记得他在开会时总是往后边坐，从来不抢着发言。非发言不可时，他总是先说他是来学习的。由此可见，大学问家的人品往往也很高。

咸宁干校的一切都由“军宣队”驻校军代表全面管控。“军宣队”的人一般没什么文化，作风粗野，整人整得很凶。我记得居沄棣就是被整死的。居沄棣是国民党司法院院长居正的女儿，新中国成立后分配在故宫博物院图书馆资料借阅室工作。她待人接物总是和颜悦色，工作上任劳任怨。但身体虚弱，下放期间经常被迫抱病参加劳动改造，最终猝死于烈日下的农田里。如果她能活到后来两岸改善关系的时期，我想她应该是鸿雁传书的最佳人选，因为她与蒋经国的私人交往很好，他们自幼就在一起玩耍。新中国成立前，她也是借着在国民党那边的特殊身份掩护了不少地下党。每念及此，心中甚感遗憾。

我在湖北咸宁“五七”干校放鸭子期间，堂妹叶广芩在华阴农场养猪。我担心她懒散无事，虚度光阴，便利用闲暇为她编写了一本日文讲义，陆续寄到华阴，供她学习外语。后来，她写了很多小说，目前在作家中名气也不小。

1971年，故宫博物院的专业人员陆续调回北京，至1973年，大部分人离校。1974年，咸宁干校解散。我是最后一批调回来的。

辑二　寻瓷访古

龙泉访古追忆

作者晚年在龙泉窑址

浙江龙泉窑是南方民窑的重要代表之一，历经五代、北宋、南宋、元、明、清、民国，然后到现在，千年以来没有断烧过。浙江省可以说是中国陶瓷的一个很重要的省份，因为宋代陶瓷是我们公认的陶瓷高峰期，北宋在河南开封，南宋在浙江杭州，首都附近周围的窑址不断出现，你打开地图看像雨后春笋一样，很密集的，而且这两种窑都是南北方有名的民间窑的典范。当时像福建、浙江、江西乃至广东、广西的青瓷，在海外影响相当深远，比如说日本、朝鲜，还有印尼、菲律宾乃至于巴基斯坦，都有龙泉窑瓷器的踪迹。明代以后，龙泉窑瓷器又远销欧洲，如意大利、法国等国家。1998年我到意大利，在威尼斯市博物馆看到一个大盘，是海里捞出来的。我曾经给它拍过照片，修订《中国陶瓷史》时，我把它搁进书里面了。威尼斯是当时有名的商人马可·波罗的故乡，他生在威尼斯，龙泉大盘出现在他的故乡说明了很多的问题，一方面说明我们的龙泉窑产品元代已经远销到威尼斯那里了，另外也反过来证明马可·波罗确实来过中国。

明代龙泉窑传到法国的时候，据说当时流行一个歌剧，剧中有一个牧羊人Celadon穿的衣服就是龙泉窑瓷器的颜色，所以他们管龙泉窑瓷器叫“雪拉同”（Celadon），以后就演变成所有青瓷的一个代名词，而且今天来说是国际上通用的，不论哪国都管青瓷叫“雪拉同”，实际上是指明代的龙泉窑青瓷。龙泉窑青瓷流行的地方不光是在欧洲。在日本，有个镰仓海岸曾发现上百万件龙泉窑瓷片，几十年前我就在书上看见过有关照片。朝鲜的青瓷很多都是龙泉窑的，1976年新安海底发现的元代龙泉窑瓷器多达九千余件，说明龙泉窑在国外的影响很大。

至于龙泉窑窑址考察，我的老师陈万里先生在1928年就开始了相关工作。当时他是骑驴去考察的，条件相当艰苦。《龙泉青瓷之初步调查》就是在第一次考察后发表的。这些情况，他在日记中都有记述。1934年他再次去龙泉窑考察，发表了《第二次调查龙泉青瓷所得之观感》。这些研究非常重要，我后来去龙泉窑考察就是以此为基础的。

1979年冬，我刚从故宫调到中央工艺美术学院工作不久，就去外地考察古窑。当时我们学院陶瓷系主任梅健鹰先生招了一个学中国陶瓷史的研究生，由于他教不了，就让我替他来带。我曾带这个研究生去龙泉大窑考察。大窑就是古代的琉田，文献里面曾经有所记载，大窑是出产南宋龙泉瓷器的地方。在那里考察完了以后，又到附近几个小窑考察，然后转到宝定。在这个过程中，我们捡到一些瓷片，后来都带回了中央工艺美院，以后因为学院不重视，我就转送给了北京大学的赛克勒博物馆。

龙泉窑考察由于事隔多年，记忆不详，只能借助日记追溯当年经历。去龙泉大窑考察，是由福建转路去的。温州其实没有旧窑址，现在去龙泉也得先到温州，飞机场在温州。先飞到温州，然后去龙泉。

我先到福建考察，1979年11月25日至27日在车上，29日到福州，30日到泉州，12月1日至8日到了德化窑，9日至10日又到福州，11日至16日到建阳窑，17日到了浦城，18日至23日到龙泉，

25日离开龙泉，26日到了温州，随后到丽水，再从丽水转到温州，然后又跑到杭州，再从杭州北上回京，转了一个大圈。当时我写了一篇关于闽浙考古的文章，那稿子找不着了，记得是顺着写的。

在龙泉县待了5天，就是1979年12月18日到23日，我的日记是这样记的。19号上午参观龙泉窑、龙泉研究所这两个单位，下午就看日本人小山富士夫的《支那青瓷史稿》。赵厂长来跟我商量调查龙泉大窑的事，因为那天赶上下雨了，之前稍微晴了一下，感觉很热。到12月20日仍然在下雨，本来那天去大窑窑址，没办法就改到第二天和赵厂长一块去县里面，然后再去窑址。因为出不去，只好在旅馆里看书。21号的时候天晴了，然后因为搭车的人比较多，这个厂子有一个姓刘的部长来商量，改在第二天去，就是22号去，所以又耽误这么两天，只得继续看书。后来我去县政府轻工局求帮助。到了12月22日的时候，我们7点钟就出发了，到

南宋龙泉窑粉青釉瓷器
（浙江省博物馆藏）

了大窑，那个地方是山区，翻山越岭，路很不好走，经过了一个半小时，走了15公里才到，但是因为这个山路很崎岖，我们坐着吉普车很难进到山口，只能下车步行，又走了一个小时，到了一个人家，这个主人叫管相期，他留我们吃饭，还送我两个东西。我为了答谢人家的好意，就给他全家照一个相，因为那个时候农民照不了几次相，他们很高兴，以后给他寄去了，那张照片现在还能找到。因为那时候正流行农民挖地盖房子，正好挖到了那个窑址，所以他发现了不少很精致的瓷片，当初日本人和德国人曾经到窑址来收购瓷片，所以现在要找很好的瓷片，就比较难找到了。

总而言之，连走路带坐车，一共用了六个小时，三个小时进山，三个小时出山，从上午9点半到下午3点半，这么长时间才到窑址。管相期说，文献上记载这个地名古时叫琉田。他有文化，还说在我们挖片的上方就是哥窑的地方。果然在我们挖到瓷片的里面，有少量有开片，时间大概是宋到元，符合历史上哥窑、弟窑的记载和民间的传说。《龙泉县志》中有所谓“乌瓷窑”，想是烧造所谓“天目釉”的黑瓷。位于宏山、陈湾。此外还有专烧缸窑（剑池湖）、砖窑（大口、琉田、南坑、里山等地）。此处所谓的“流田”是否即“琉田”，所谓“大口”是否即浦城之“大口”，均有待进一步考证。

当时所见龙泉窑瓷器有碗、盆、碟、瓶、钵、盒等造型，而且有镂孔的，还有雕刻的。据陈万里先生的笔记里面记载，还有鱼耳瓶、把杯、佛像、鸟、鼠等。据日本人小山富士夫的记载，龙泉窑还有雕牡丹花、凤耳瓶等。民国初年的时候，每天有几百个人在大窑挖宝，得到的都是日本所谓的“砧青瓷”，它在日本指的是宋代龙泉窑，都是很精美的东西。日本人称元代的龙泉窑瓷器为“天龙寺手”。天龙寺是一个庙，“手”是“派系”之义。当初这个庙里有人曾经坐着船到中国买元代的陶瓷，所以日本人管它叫

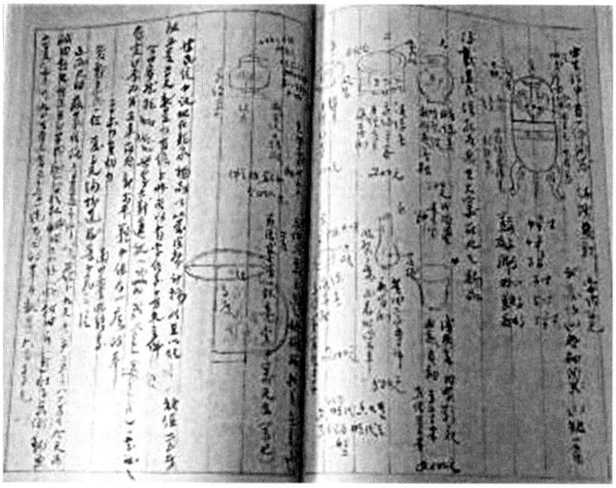

陈万里先生日记

“天龙寺手”。日本人称明代的龙泉窑青瓷为“七官”，好像是一个人名，但考证不清，也是比较精美的。龙泉窑青釉有各种深浅，称为粉青、灰青、青黄、梅子青等。我们还得到一片元代的青釉高足碗，釉色灰褐，看到上面有很多地方胎的厚度达到一寸，大窑窑址更有大炉、大缸，胎的厚度也达到一寸。

因为往返途中一共有七个小时，包括吃饭，所以来不及去金村窑址考察。2007年我去龙泉窑开会，才有机会去金村窑址考察。此时，金村窑址表面已经看不到很多的瓷片了，而今天这几件实物能够这样比较理想、比较顺利是很不易的，因为农民挖土盖房，正好挖在那窑址上。此外还发现一种青灰胎、釉色泛黄的青瓷，日本管它叫珠光青瓷，像珍珠，过去有人认为在福建同安窑，但是由这个来看，龙泉窑也有，并不是福建同安窑所独有的，这是当时我们一个新的收获。

还有一个附带的收获，就是我第一次去大窑窑址的时候，住在县城里头，当时我知道龙泉自古出宝剑，还有“铸剑池”遗存至今，但没有机会看。这次我特意跑到国营制剑厂，要求给我看看龙泉宝剑。我说的宝剑，就是年轻时在武侠小说里看到的“折叠钢刀”，这个刀能折叠，像腰带一样系在身上。制剑厂的领导为了满足我这个要求，特意拿出一柄剑，果然是这样，能当皮带扣在腰上。俗话说“三尺龙泉”，说的就是龙泉宝剑，是非常有名的特产。我去龙泉县不是考察宝剑，是考察瓷器，但是也顺便目睹了龙泉宝剑，那是真正的折叠宝剑。

2007年的时候，为了纪念陈万里先生的学术贡献，龙泉市在大窑窑址建立了一座陈老铜像，并与上海《文汇报》共同主办了一个专题研讨会。当时，故宫就派了两个研究人员和一个负责这方面工作的副院长及我一块儿去参加那个盛典。我借这个机会，还去了另外一个窑址，那个窑址叫金村。大窑和金村这两个窑出品的东西是最精致的，这在文献上都有记载。

这次考察，我身体已经衰老了，要年轻人搀扶着才能爬坡，但回忆起来，还是有很多新的收获。举例来说，文献记载古时琉田有两个兄弟叫章生一、章生二，弟弟章生二主持的那个窑，叫“弟窑”，也称章窑；哥哥章生一主持的那个窑就是“哥窑”。弟窑就是后来所谓的龙泉窑，窑址在今天的大窑和金村。1980年我带回北京的龙泉窑瓷片中，有开片的很少，大部分都比较光润、精美，颜

陈万里亭

陈万里先生铜像

色以粉青居多，梅子青极少。这两个品种是弟窑（龙泉窑）典型的作品，其次才是橄榄绿色，或者是黄绿色的。其原因就在于氧化和还原程度不同。具体地说，还原的最充分才能生产出梅子青，那是第一流的精品，一般的还原烧出来的是粉青，偶然氧化，或者氧化很严重，就变成了这种深黄色。这就证明了古时文献的记载不但有根据，而且还有实物。遗憾的是，哥窑到现在找不到窑址，在古陶瓷界成了一个谜。有人说，根本就没有哥窑。有人就认为一定有，因为既有文献，也有实物，找不到窑址，但是这不是主要的问题。你不能因为没发现窑址，就否认它的存在。窑址在哪里需要去找才能知晓，定窑、汝窑还有邢窑都是这样发现的。2007年我再到金村去的时候，对这个问题尤其关注。此次考察中，我找到了“铁胎瓷片”，这些瓷片都拍了照片，并补入了修订版《中国陶瓷史》中。大家知道，哥窑的特征是“紫口铁足”。铁足就是铁黑色的，露在外面的胎是黑的。另外，在金村附近还有一个窑，叫溪口窑，也值得注意。我看到博物馆里陈列的溪口窑出土的碗、盘，都是黑胎，而且都有开片。此外，还有大窑出土的瓷片，也有黑胎的，也有大的开片。当年我没发现大窑有紫口铁足的瓷片，但是后来有人发现了。哥窑也好，弟窑也好，都有黑胎的青瓷。黑胎说明胎的含铁量高，露在外面被氧化就黑了，变成氧化铁了。我们一般说的龙泉窑说的是弟窑，也就是所谓的“章窑”，它本身不是黑瓷，而是灰胎。灰胎为什么跟青瓷有必然联系？一方面灰含铁量不像黑胎那么高，一方面说明它不追求白胎。这个白胎，现在景德镇以此为荣，以此为美。它不是来自柴窑的“青如天，明如镜，薄如纸，声如罄”的传说，而是篡改成“明如镜，薄如纸，白如玉”，瓷以白釉为标准，以此为荣，去追求白，甚至很透明，可是要制造美丽的青瓷不能用白胎，因为青瓷本身要有一定的含铁量才能出现青色。这个科学道理，简单地说是因为青瓷本身就是铁的还原，铁还原是青色，氧化是黑色，比较轻微的氧化就是青黄色。我们评陶瓷的时候，以宋代的龙泉青瓷为最美，就是因为它还原得最充分、最好。如果完全没有一点铁，就出不来青瓷。因此，龙泉窑有意往里面加一种当地出产的“紫金土”，那种土含有一定分量的铁，导致瓷器变成雅致的青色，如粉青、梅子青。通过这次考察，我目睹了所想看到的东西，也证明了古人的记载和科学研究能够结合在一起。

另外的收获，就是在龙泉博物馆看到了陈老先生的笔记，包括墨笔日记和草图。他去世以后，他的家属把遗物都捐给了龙泉博物馆了，并不在故宫博物院。这些笔记都是以墨笔写在粗纸上的。那个时代的人都用墨笔，很少用钢笔，比如说鲁迅先生也是如此。参观后，我很有感想。老一辈人做学问如此艰苦，却如此认真，不是那种浮光掠影、蜻蜓点水。这一点也值得后辈们注意和学习。

（口述：叶喆民　撰文：苏滨）

附录：考察龙泉窑期间工作日记

1979年

12月26日

晨起后，因感冒未愈，自去龙泉县医院中医科门诊。一位施姓女大夫认症准确，为我煎药、倒药，甚是热情，对北京来客照顾周到。相比之下，北京对外地来人别之霄壤矣。下午五时，抵达丽水县，投宿地区招待所。当晚即睡倒，但觉全身疼痛，头晕身冷。夜起时左鼻孔流血，又服羚翘解毒片二片，饮水半盏，自觉较之在京感冒为重，都因沿途吹风颠簸之苦所致，又兼夜起如厕二次极冷。此行自南向北，愈行愈冷。同室有省方干部见之，亦曰：“你们自福建至此，一路上都是高山峻岭的险路，真够艰苦。”闻此，“游山玩水论”者可以休矣。

12月27日

晨起病势稍轻，自去街上寻找中药店代为煎药，历时二小时始返，仍觉腰酸腿疼，力若不胜。所幸服务周到，加价五分钱即可代煎代送，而且用暖瓶保温，北京未之有也。下午原欲去文化馆参观，但以身体发冷卧床休息，只要研究生独自前去。此处招待所尚好，被子新换，只有数人在冲洗工作。医药公司服务虽好，而招待所食堂极差，一年轻头头态度生硬。“病号饭”白水煮挂面加一点绿菜，收费0.36元。正餐“红烧肉”却是大肥肉。晚间则另一年长者拒绝说：“开会太忙，没空做病号饭，你可以退掉。”也不知抱歉。只得自去街上吃馄饨。0.12元一两一碗，油肉甚多，比北京味香且量多。收粮票的油条0.3元一条，不收票的0.4元，且当场炸，吃热的。一路上见猪肉0.91元一斤，随便供应，都比北京强。下午要所带研究生王某去问文化馆二事：一、要争取有车去窑址；二、否则要些瓷片。然而一事未问，只约妥明晨同去附近一瓷窑而已。不禁回忆起前者在福建德化碗坪仑窑址及龙泉大窑附近所拾瓷片时，曾对其频加嘱咐“勿相混淆”，虽然点头说记住了，决不会混，然而归后仍旧不能复分，二片搅乱一窑。彼已年近四旬，积习难改，实不可教矣。惟近日余患病在床，尚知代劳耳。

12月28日

原拟去城关附近约五公里的吕布坑窑，但身体未痊，甚愁走路。不料同室的省委组织部周主任反映给上级，晨起后忽然省委宣传部张副部长与金华地区耿部长三人来屋相访，并决定派一小卧车送去宝定窑（在县西南26公里）。文化馆小许同志上午八时来陪同出发。到达后，该区叶区长、吕书记等来迎，并派人送去窑址（已发掘）。拍得二照片。眺望远处有三土丘亦三窑址，相传当初有36座窑云云。所得瓷片皆元代之物，并有带斯巴文者甚粗劣。而瓯江风景秀美，可惜江水为造纸厂污染严重，鱼多死亡，人不能食，水已变为绛红色矣。约停留一小时半即返，回县城已近正午。据小许说吕布坑窑在1958年已发掘过，尚未发表报告，地上残留瓷片已不多见，故未及前去。经此一病，稍微行动即遍体生津，因知老之将至。

下午地委宣传部郭林同志与文化局蔡同志俱来访谈，并奉地区宣传部长命，致慰问之意，约定说准备用小汽车送我们去温州。虽经逊谢，而对方一再坚持，只好由之。心感此行各级领导多加照顾，盛情难忘而已。沿途见山村中小房栉比鳞次，问小许，答曰：“乃是畲族人所居，丽水为其聚点，已然与汉族人通婚。因地处高原，为浙江最高之地，故有‘浙江的西藏’之俗称。此地工业并不发达。”云云。当晚文化局请看越剧《狸猫换太子》，演技、道具尚好。回招待所已近夜11时。工艺美术服务部一女同志赠送中美友好纪念章八枚（乃她所存，原进货一百枚均已售罄），其诚可感。

12月29日

晨八时，地区小汽车来接，送去温州。林、吕二同志相陪，小许来送行。到达温州已十一时半，下榻温州地委招待所。初开二室房间，日宿费10元，自觉太贵，移至另一房间。后知仍需7元，乃再改去别楼，日需5元。古语说：“昔孟母，择邻处。”（《三字经》）乃为其子，而今余三迁为弟子，真乃尾大不掉也。而彼毫无知觉，反说闲话，可见不知自量耳。

温州地区当时已发现古瓷窑百余处，烧窑历史可知上自东汉，下迄宋元时期。晋人杜毓《荈赋》曾说：“器择陶拣，出自东瓯。”潘岳的《笙赋》也说：“披黄苞以授甘，倾缥瓷以酌醽。”温州窑址就在市郊西山一带，当地称为“西山窑”，原属于永嘉县境，在汉初时是所谓的“东瓯国”。以后许多文献，如清人朱琰的《陶说》、蓝浦的《陶录》等，都认为西山窑就是东瓯窑。

由于考察计划并未列入日程，加以感冒未愈，只是转路去乐清，因此匆匆路过。据地区宣委陈部长说，已打过电话，有车，而干部们并无所措施，一味道歉。次日，即买票去乐清。但见温州市面嘈杂，熙熙攘攘，卫生亦差。饮水因海水倒流，异常咸苦。（按：不意三十年后，即2007年冬，再去龙泉市开会，并考察金村窑址时，又乘飞机去温州转道，经丽水再至龙泉，悠悠卅载，沧桑变化，得见高楼耸立，工厂迭起，大非昔比。然而，仍然无缘一去西山窑亲自考察，未免有“缘吝一面”之憾。）

12月30日

此行去乐清县的原因是为陶瓷系催办一批制陶机器，并无窑址考察的任务。抵乐清后，叶厂长等来接去招待所，稍事休息。次日，地区宣委吕同志来，得知汽车有票无座位，秩序甚乱，而招待所一室住12人，且为上下床，故自寻住工农兵旅馆。三人住一室。对比温州三迁居室，真如登山一般忽高忽低。而昨晚临时安置在一间带会议室、洗澡间的高级卧室内（10元一宿）。对比之下，自觉可笑。联想当天船上所见瞎子卖唱：“贫女乞钱，青年人打扑克，小女孩卖甘蔗……”真是不禁感慨系之。

12月31日

上午叶厂长来访，并托人代买去宁波火车票，只卖得三日票，无奈仍需等候两天。又不能远去，因体力尚未恢复，殊闷人也。此地饮食比较单纯，海味虽多却不便宜，河虾一斤3元，吃面不够分量，馄饨有皮无肉。年末如此度过，亦颇无聊。得闲写信给陶瓷系王书记，赴邮局挂号却打上1980年1月1日邮戳，不意竟提前度过了元旦。

1980年

1月1日

新年白天去文化馆，未见其人，约来旅社相见。据说当地有窑但不详细。晚间看瓯剧《玉燕记》，难以欣赏，但可了解民俗而已。

1月2日

叶厂长来。言明“针型阀”要保证质量，并托其代买当晚电影票（《欢天喜地》）。场内秩序紊乱，有人大打出手，因此匆匆离去。

1月3日

上午七时半出发，下午五时抵达宁波站。

1月4日

昨晚宿宁波招待所，睡12小时，自觉全身畏寒与疼痛现象消失。今晨办理火车票并托运行李手续后，即去“天一阁”参观出土文物展览，据称现在报国寺展出，因此只能在库房观看所藏残器，承主管的虞同志热情接待，拍照数件并承赠以资料。遂即要求日后寄予一些出土的残片以供教研参考，然后辞别。当晚六时，车抵达杭州，因天晚暂在浙江省博物馆留宿。夜寒，咳病加重，而被褥轻薄，室内冷风袭人，只得戴冠而眠。

1月5日

参观浙江省博物馆陈列文物，大开眼界。但因新出土文物多不准拍照，只能画速写，匆忙中勾画轮廓线，有助于记忆而已。（按：数年后多已正式发表照片或者印入画册，但在当时各馆对外限制参观已成惯例。此种陋习，为文物考古界通病，至今未见改善。）

四寻汝窑

文人心中的汝窑

在我国源远流长、光辉灿烂的陶瓷史上，“汝窑”是宋代五大名窑之一，传世文物寥若晨星而后来文献记载未尝间断。早在北宋徐兢《宣和奉使高丽图经》内即曾谈及“汝州新窑器”而与“越州古秘色”相提并论。南宋时期叶寘《坦斋笔衡》内也曾说道“汝窑为魁”。其他如陆游《老学庵笔记》、周辉《清波杂志》、周密《武林旧事》等还有关于“故都时定器不入禁中，唯用汝器”，“玛瑙为釉”，“唯供御拣退方许出卖，近尤难得”，以及当时进贡给宋高宗的礼单中汝窑瓷器的名称和数目的记载。元末陶宗仪《辍耕录》还曾抄录《坦斋笔衡》关于汝窑的全文。明代曹昭《格古要论》和李日华《紫桃轩杂缀》、谢肇淛《五杂组》、沈德符《敝帚轩余谈》以及沈节甫、田艺衡、高濂、文震亨等人的著作中均有引申前朝记载和补充意见。清代谷应泰、朱琰、唐铨衡、蓝浦、刘子芬等著作内也都各抒己见，不胜枚举。他们为汝窑的研究工作提供了许多宝贵的资料和见解。尤其是在古人书画诗文中有的还对汝窑情有独钟或推崇备至。例如明代大画家徐渭《墨芍药》画中题诗说：“花是扬州种，瓶是汝州窑。注以江东水，春风

宝丰清凉寺村外景（2000 年）

锁二乔”。前代文人孙灏也在咏汝窑的长诗中说：“……官哥配汝非汝俦，声价当时压定州。……”均可反映汝窑青瓷在人们心目中珍同拱璧的历史地位。

三寻汝窑址

关于汝窑窑址的所在，历来传说是在河南临汝境内，但是经过中外学者多方考察迄未寻见。20世纪50年代陈万里先生发其嚆矢，前往临汝、宝丰、鲁山一带考察，发表了《汝窑的我见》《禹州之行》二文。60年代初笔者也与冯先铭同志在此启迪下对钧、汝二窑进行过窑址调查（叶喆民：《河南省禹县古窑址调查记略》；冯先铭：《河南省临汝县宋代汝窑遗址调查》，《文物》1964年第8期），均未能发现典型的“汝窑”瓷片。1977年4月，我们为了编写《中国陶瓷史》，再赴豫南一带进行考察，曾至宝丰清凉寺（别称“青龙寺”），看到河沟两岸堆积的瓷片与窑具高约一丈，断断续续长达三五百米之遥。其壮观的景象为个人所至河

1987 年宝丰大营镇清凉寺汝窑址远眺

1987 年宝丰韩庄窑址附近河岸散落的瓷片

南许多窑址中所仅见，堪与河北定窑相媲美。偶于窑址附近寻得一片典型的汝窑青瓷片，经过上海硅酸盐研究所郭演仪同志化验结果，证明与周仁先生最初对北京故宫所藏汝窑盘的化验数据基本相同（叶喆民:《钧窑与汝窑》，河南省文物研究所编《河南钧瓷与汝瓷三彩》，1987年版）。但由于正值笔者调去中央工艺美院任教，且彼此看法不一致，故当时未能公开发表。其间几经曲折，直到1985年在郑州举行的“中国古陶瓷研究年会”时，方才委托美院讲师陈英英带去论文一篇（叶喆民:《钧汝二窑摭遗》，中国古陶瓷研究会郑州年会论文，1985年11月中央工艺美术学院打印本）在会上发表，文中首次提出“宝丰清凉寺是一条寻觅汝窑窑址的有力线索”。联想先父叶麟趾教授当年发现定窑窑址的思维方法，建议寻觅汝窑也不妨打开思路，因为地理上的历史沿革多有变迁。1986年9月笔者应邀在日本京都同志社大学就汝窑问题作《钧

清凉寺汝瓷窑遗址碑（2000 年）

1977 年宝丰清凉寺汝窑址附近河畔瓷片及窑具堆积场景

宝丰清凉寺汝窑址 Y14

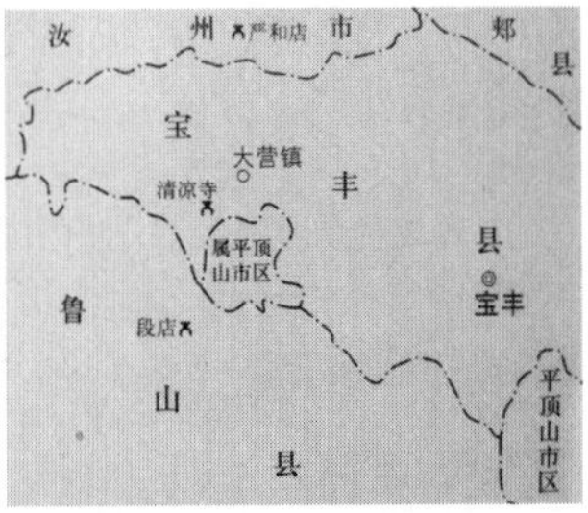

临汝窑、宝丰窑、鲁山窑三大窑址图

窑与汝窑》专题演讲时，结合宝丰过去盛产玛瑙与文献所谓“汝窑玛瑙为釉”的记载，进一步加以阐明（叶喆民：《钧窑与汝窑》，河南省文物研究所编《河南钧瓷与汝瓷三彩》，1987年版）。1991年6月又应邀在英国剑桥大学作了《汝窑与鲁山窑的再认识》的专题演讲，对汝窑的发现经过和地理范畴，以及烧制品种与鲁山窑的关系等作了对比的综述和补充。

在1986年10月西安举行的“古陶瓷研究会年会”上曾有数篇论文引用了上述论文的观点和线索，其中王留现君还曾在宝丰窑址附近征得一件“汝窑天青釉盘”，持来笔者家中请教，并带去西安年会上请故宫专家们鉴定无误，从而再次证明了宝丰清凉寺窑址即是汝窑窑址的正确性。后来上海博物馆馆长汪庆正声称“发现汝窑窑址”，并出版图录。对此，香港有的学者在《中国文物世界》上立即发表一篇《汝窑质疑》的文章，提出了意见说：“其实，这个‘发现’似乎还有更早于此‘发现’的发现，……只是被人忽略。”（龙骤：《汝窑质疑》，《中国文物世界》第63期，香港版。原文还提到“1977年有叶喆民氏曾在清凉寺采到一片汝官窑天青釉片，可惜未被重视”等语）。“最近，《河南日报》上也有当地学者发表文章表示了同样的看法，指出：“真应了那句‘踏破铁鞋无觅处，得来全不费功夫’的话。应该说在此之前，汝窑的寻找也有过突破。”（何辛年：《汝官窑：清凉寺的辉煌》，《河南日报·文艺副刊》。原文还提到："应该说在此之前，汝窑的寻找也有过突破。在1985年的中国古陶瓷郑州年会上，中央工艺美术学院教授叶喆民就谈到河南省宝丰县清凉寺附近大窑址很可能是汝窑窑址。此后他在日本京都讲学时又作了进一步的论述，引起国内外学者的注意。"）当时笔者对此则保持了平静的姿态，只在《中央美术学院院刊》上发表一首小诗（《中央美术学院院刊》1987年9月10日第七期第五版，叶喆民《古瓷杂咏》之一"赫赫汝州瓷，惜哉窑址湮。十年探索苦，一旦证实甜。焉可急功利，徒争一著先?科研贵务实，力到功能全。……但期诸少年，引此作人鉴。"），以教育青年学子而已。

第四次考察

为了进一步探研汝窑的历史和近况，笔者于2000年4月与故宫博物院研究员叶佩兰同志、馆员刘伟等再赴河南平顶山市，对清凉寺汝窑窑址作了七八十年代以后的第四次考察。

但觉山村依旧而地貌再次改观，昔日窑址附近面目全非，唯见新立窑址保护标牌矗立田边，而当年遍地瓷片、俯首可拾的景象早已不见，偶有所得也是质量一般。由于村民们多认识到汝瓷的贵重性而刻意寻觅拣拾殆尽，仅能在个别陶艺家及收藏者手中看到一些精致的残器与瓷片而已。现就其中较为精美或具有研究

汝窑特有的片纹

汝窑釉中气泡

价值的新奇之物以及思之多年尚待解决的问题略加记述，以供学者们研究参考。

见到史载未见的器型

以往文献如北宋徐兢在其《奉使高丽图经》内曾有如下一段记载：“高丽燕饮器皿多涂金或银，而以青陶器为贵。有狻猊香炉亦翡色也，上蹲兽，下为仰莲以承之，诸器惟此物最精绝。其余则越州古秘色、汝州新窑器，大概相类。”此次果然见到数具素烧与挂青釉狮子雕像。按“狻猊”即是狮子。《穆天子传》卷一曾有“狻猊野马，走五百里”，郭璞注“狻猊，师（狮）子，亦作狻麑”的解释。《尔雅·释兽》也写到：“狻麑……食虎豹。”另外还有数件刻莲瓣纹的青釉残器，根据当地另一收藏者觅集的一件传世汝窑青釉刻莲瓣香炉看来，这些残器均为所谓“狻猊”香炉构件的一部分。说明汝窑当时确曾烧制过此类产品，而古人记载实不我欺。既可破除过去对汝窑遗物中只有盘、碗、瓶、洗、奁、尊、盏托、水仙盆等器形的认识，同时也可见未知之数尚多。例如南宋人周密在《武林旧事》内曾具体抄录绍兴二十一年（1151年）张俊进贡给宋高宗赵构的一份礼单，其中奉献的“汝窑瓷器”有酒瓶一对、洗一、香炉一、盒一、香球一、盏四、盂子二、出香一对、大奁一、小奁一，共十六件。结合目前所能见到的传世和出土汝窑天青釉瓷器看来，似乎还有盒、盏、盂、香球等，出香尚未有实物出现。因此当有待于今后正式的考古发掘工作和多方觅集传世的文物，方能获得进一步的证明。

此行还曾见有窑址出土的天青釉，青绿釉刻莲瓣或龙纹残片与龙形雕塑残器。这种汝窑青釉刻花瓶在1987年10月河南省文物研究所试掘的窑址遗物中已有所发现，而且在英国大维德基金会的

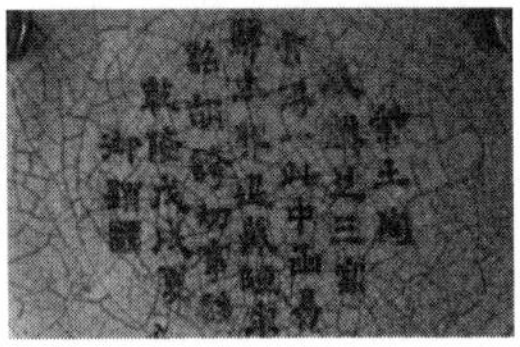

宋汝窑洗的釉色与片纹（故宫博物院藏品）

宋汝窑天青釉瓷片（1977年宝丰清凉寺发现的第一块典型汝瓷片）

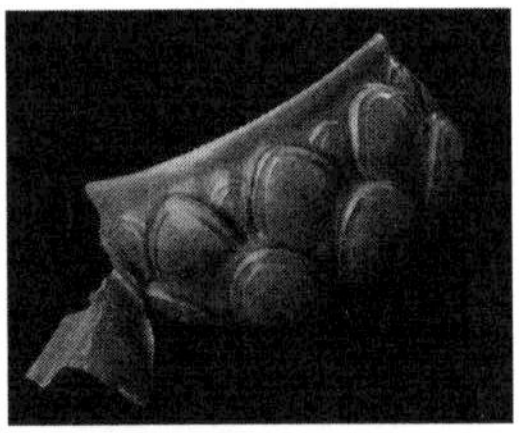

宋汝窑凸雕莲瓣纹残器

宋汝窑天青釉花口洗（英博物馆藏）

宋汝窑天青釉花口洗底部

陶瓷藏品内也有刻花盘的陈列。然而只是一般的简单花纹，并未见有刻莲花瓣与龙纹者，足以说明汝窑天青釉工艺的丰富多样。尤其是镂孔器物的制作，笔者前在《汝窑别记》（叶喆民:《汝窑别记》，《中国古陶瓷研究》第二辑，紫禁城出版社1988年版）内曾提及十三年前在宝丰窑址得到过一件青釉镂孔残片。于今又看到此地出土更加精致的镂孔作品，说明其镂孔技术不亚于越窑的水平，因而又加深了对于两窑之间技术承续关系的认识。值得重视的是，所见这种天青釉刻莲瓣纹残片，在纹样上与河南省文物研究所1988年秋至1989年春发掘汝窑窑址报告(河南省文物考古研究所《宝丰清凉寺汝窑址第二、三次发掘简报》，《华夏考古》1992年第3期)中发表的图10—2“越窑划花小碗”十分相似而且数量不少，无论釉色、釉质都很精美，同样是说明两窑关系密切的又一物证。至于它们之间的胎釉化学组成及特征，曾在《钧窑与汝窑》一文内有所阐明，兹不赘述。

汝窑有白瓷

另据当地陶瓷工作者告知:在张公巷汝窑址最近还有白瓷出现，胎薄釉润，具有透影性。这类精细白瓷过去未找到，而今幸能亲见，其实白瓷早在唐代邢窑、定窑窑址与当时外销瓷中已有实物

宋汝窑天青釉刻鱼纹盘（英国大维德中国艺术基金会藏）

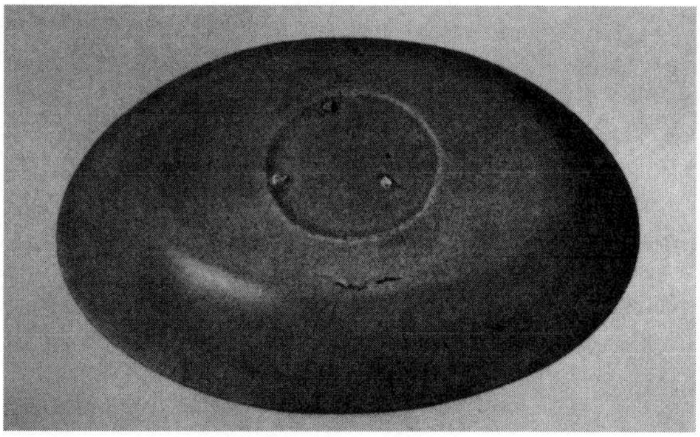

宋汝窑天青釉刻鱼纹盘底部

发现，并且定窑直到宋、金时期依然延续生产。而今汝窑也出现透影白瓷一事，除了说明其具备很高的烧制技术外，还可想见当时宫廷和社会上对此种精品的需求非同一般。关于汝窑白瓷的生产，在1934年出版的叶麟趾《古今中外陶瓷汇编》一书内就曾有所记叙说："汝州新窑，乃北宋末年自定州所移者，为白器，是汝窑亦有白瓷也。"这一论点结合今日窑址所出精细白瓷看来，对于汝窑历史的研究工作也提出了十分重要的课题。

玛瑙为釉

此次考察中看到窑址附近出土的玛瑙石依然很多，与以往几次所见相比，有的晶莹剔透，尤为精致。关于"汝窑玛瑙为釉"的宋人笔记已如前文所述。其实，玛瑙也是一种纯粹的二氧化硅，与石英的构造稍有不同。虽然有人不免怀疑是否有过特意使用这种珍贵品的事实，但仔细想来，一般所出的玛瑙并非全部用作装饰品，剩下的无用部分仍可用作釉料。例如现在的景德镇就有利用玛瑙来配制颜色釉的做法（叶喆民:《中国古陶瓷科学浅说》，中国轻工业出版社1960年版，1982年再版）。当年笔者就是根据这种

玛瑙石

判断和1977年在该窑找见的一片“汝窑”天青釉瓷与化验数据，以及当地人所说大营镇在1924年以前曾属于临汝县的史实（王化君:《汝窑何以在宝丰》，《瞭望》周刊1987年8月24日第34期访问笔者的谈话），才公开发表《钧汝二窑摭遗》的论文，首先指出汝窑窑址可以到宝丰清凉寺（别称青龙寺）寻觅的有力线索。

窑址发现经过

早在1964年我对临汝“汝窑”考察时，曾重点调查过11处窑址。1983年为出席“汝窑天青釉鉴定会”重去临汝严和店窑址复查时，在县文化馆见到陈列有26处窑址出土的汝瓷片。1987年再赴临汝考察时在该馆（现更名为“汝瓷博物馆”）陈列的窑址出土汝瓷片已增至43处之多。其中，唐沟东窑一带所出者不但釉色精美，且有“裹足支烧”之物。此类完整器物在临汝境内出土者也不在少数。2000年之行顺路重访，又到该馆参观，看过一些同样的藏品。联想笔者1964年在临汝大峪店窑址还曾找见过一些光素无纹的青瓷片，非常酷似汝窑典型的天青釉质，只是釉色灰暗，而

宋汝窑天青釉奁（故宫博物院藏）

宋汝窑天青釉奁（底部）

无所谓“蟹爪纹”或“梨皮纹”的片纹。其中有的用10倍放大镜仔细观察，釉内气泡稀疏，寥若晨星，为汝窑特征。由于临汝与宝丰毗邻接壤，矿脉相连，技艺相通，自在意中。而今又在当地陶艺家新发现的市内一处新窑址取得瓷片中，看到一些青釉瓷片，在釉色、釉质乃至造型工艺上多与宝丰清凉寺窑址所出的典型天青釉瓷器十分相似。说明此种精致的工艺，并非限于一地，而且在出土和传世的完整器物中也不乏其例，往往使人难以分辨。因此十五年前在《钧窑与汝窑》一文内也曾提到，“或者仍有可能在这里（临汝）与宝丰交界地方发现汝窑典型之物，正如今日邢窑窑址之在临城、内丘两地均有发现的情况一般。”这一问题随同考古发掘工作的逐步深入，相信将会得到进一步的澄清和解决。至于两县在历史地理上的密切关系，已在《汝窑廿年考察记实》（叶喆民:《汝窑二十年考察记实》，《中国陶瓷》1987年第6期）一文内详加考证，在此不需重复。

清凉寺还是青龙寺

关于宝丰窑址地名“清凉寺”抑或是“青龙寺”的问题，多年来思之已久。因为20世纪50到70年代陈万里先生和我们考察宝

宋汝窑五支钉垫圈及支钉垫饼

宋汝窑天青釉奁（英国大维德中国艺术基金会藏）

宋汝窑天青釉瓶（英国大维德中国艺术基金会藏）

丰窑址时，村人们多称之为“青龙寺”，所以在论文内都曾如此书写。后来偶读唐诗中有王维之弟王缙《青龙寺昙壁上人院集》与《同王昌龄、裴迪游青龙寺昙壁上人院集和兄维》以及《夏日过青龙寺谒操禅师》诗数首。其他如号称“大历十才子”之一的李端也有《病后游青龙寺》诗，而贾岛也有《题青龙寺镜公房》诗等不胜枚举。虽然未必即是此处，但可见青龙寺乃是过去常见的寺名，由于青龙（QingLong）与“清凉”（QingLiang）在发音上十分相似，是否代代相传，以讹传讹而演变今日的俗称?联系其地靠近河边，而且过去曾有“洪水没市”的古老传说。清凉寺窑址就座落在山谷台地上，东、西两侧皆为山坡，沙河的支流——响浪河在遗址两侧流过，至韩庄村北东折后再向南，把窑址分为南北两大区。一旦洪水泛滥，极有被淹没的危险，因此寺以“龙”名也未可知。尤其是宝丰县境内以“龙”起名的寺庙及地名尚有数处，例如县城西北方与临汝交界的地方有“龙兴寺”（现有龙兴寺水库，旁邻“回龙庙”），窑址所在的大营镇东有一座“龙泉寺”；县城东方与郏县交界处有一座“东五龙庙”，附近地名“龙池”（上方为

"外口水库"）。因此今日所谓清凉寺窑址的名称与上列诸寺对比看来还值得认真探讨一番，至少也说明三十年前村人的说法和我们的文章原来所记的"青龙寺窑址"是有一定根据的。而历来曾有名为清真寺、清净寺、清修寺等著名寺庙，却很少见清凉寺之名，只在唐温庭筠诗集内曾看过《清凉寺》与《寄清源寺僧》诗一首。但值得注意的是在"清源"二字下方注明"一作凉"，可见那个"清凉寺"也曾有"清源寺"的别称，恰好似今日的清凉寺别名"青龙寺"一般。由于资料所限，究竟如何，姑且存疑留待日后重加考证。

窑具

总之，通过近四十年来的曲折迂回、锲而不舍地多次实地考察与文献参考，至今虽初步窥见汝窑的庐山真面，但始终觉得如此名铄古今、誉满中外的大名窑，对其研究工作仍然有待深入。例如它的上下年限、窑址范围、窑炉结构、烧制品种、胎釉成分、装饰技法，乃至主要成就和旁系分支等许多方面，都还需要作宏观与微观的比较和全面深入的探讨。

个人从事陶瓷考古工作和教学研究，虽已近半世纪，然而光阴有限，学问无穷，每觉所知所见甚微，而耄耋之年已临。且喜此行得见宝丰清凉寺窑址正在准备大面积的考古发掘工作，同时临汝也在进行发掘市内一座新发现的汝窑址，相信日后必将取得更新的突破。以上所记十分片面，难免遗误之虞，尚望读者方家不吝指正是幸。

关于汝窑的再认识

一、文献举要

“汝窑”是宋代“五大名窑”之一，其传世文物虽甚少，却多有文献可稽。兹摭其要者，列述如下。

北宋徐兢《宣和奉使高丽图经》：“高丽燕饮器皿多涂金或银，而以青陶器为贵。有狻猊香炉亦翡色也，上蹲兽，下为仰莲以承之，诸器惟此物最精绝。其余则越州古秘色、汝州新窑器，大概相类。”南宋叶寘《坦斋笔衡》：“本朝以定州白瓷有芒不堪用，遂命汝州造青窑器。故河北唐、邓、耀州悉有之，汝窑为魁。”南宋陆游《老学庵笔记》：“故都时，定器不入禁中，惟用汝瓷，以定器有芒也。”南宋周辉《清波杂志》：“汝窑宫中禁烧，内有玛瑙末为油（釉），唯供御拣退，方许出卖，近尤难得。”南宋周密《武林旧事》：“进奉汝窑，酒瓶一对、洗一、香炉一、香合一、香球一、盏四只、盂子二、出香一对、大奁一、小奁一。”

元末陶宗仪《辍耕录》则全文抄录《坦斋笔衡》相关记载，兹不赘录。

明曹昭《格古要论》：“汝窑器出汝州，宋时烧者淡青色，有蟹爪纹者真，无纹者尤好，土脉滋润，薄亦甚难得。”明李日华《紫桃轩杂缀》：“汝窑用玛瑙末作釉，当时止供御，绝难得。余倅汝，仅见温挥使家一小罂。”明谢肇淛《五杂俎》：“定汝难于完璧。”明沈德符《敝帚轩余谈》：“五代迄宋所谓‘柴、汝、官、哥、定’诸窑，尤脆薄易损。”明徐渭《墨芍药》画中题诗：“花是扬州种，瓶是汝州窑。注以江东水，春风锁二乔。”明高濂《遵生八笺》：“汝窑余尝见之，其色卵白，汁水莹厚如堆脂，然汁中棕眼隐若蟹爪，底有芝麻细小支钉。”明末文震亨《长物志》：官、哥、汝等窑以粉青为上，淡白次之，油灰则下。纹取冰裂、鳝血为上，梅花片、墨纹次之，细碎纹最下。”

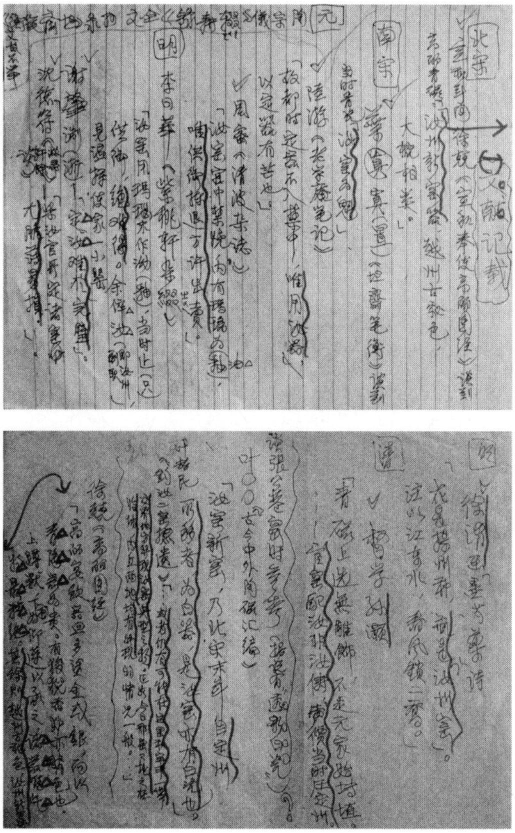

叶喆民手稿

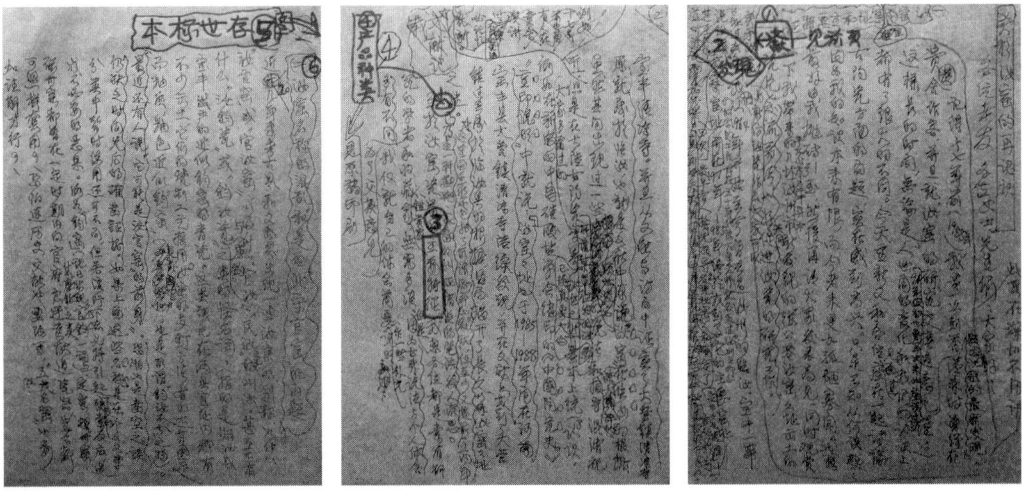

叶喆民手稿

清唐铨衡《文房肆考》：“宋时以定州白瓷器有芒不堪用，遂命汝州造青窑器，屑玛瑙为油，如哥而深，微带黄，有似卵白，真所谓淡青色也，汁水莹厚如堆脂。”清白明义修、赵林成纂《汝州全志》：“宋高宗绍兴二十一年，幸清河郡王张俊第，进奉汝窑酒瓶一对、洗一、香炉一、香合一、香球一、盏四只、盂子二、出香一对、大奁一、小奁一。盖在宋时汝瓷已与商彝周盘同期珍重，宜至今日仅存其名耳。见《太平广记》。又，宋叶寘《坦斋笔衡》论汝瓷云：‘本朝以定州白瓷有芒不堪用，遂命汝州造青窑器。故河北唐、邓、耀州悉有之，汝窑为魁。’《旧志》未详，《宋志》补督学孙灏诗云：‘青瓷上选无雕饰，不是元家始抟殖。名王作贡绍兴年，瓶盏炉球动颜色。官哥配汝非汝俦，声价当时压定州。皿虫为蛊物之蠹，人巧久绝天难留。金盘玉碗世称宝，翻从泥土求精好。窑空烟冷其奈何，野煤春生古原草。’”

二、汝窑窑址的发现和地理沿革

我从1964年迄今曾去过汝州的临汝、宝丰一带考察窑址四次。通过文献考证与实地访查，终于1977年至1985年找到并确定了汝窑的主要窑址——宝丰清凉寺，证实了大营镇清凉寺原就属于临汝，也就是文献中说“汝窑”在临汝的根据。虽然其间出现过一些所谓某单位发现汝窑的说法和夸大其辞的报道混淆视听，但是在大陆古陶瓷学界现已基本上统一了认识，遂使真相大白。

例如中国硅酸盐学会编印的《中国陶瓷史》在“重印说明”中写道：“汝窑窑址也于1985—1988年间在河南宝丰大营镇清凉寺陆续发现，并在文献上找到了大营镇清凉寺过去属于临汝县的根据，因而揭开了长久以来汝窑窑址之谜。”这里面虽然也包括了1987年的“发现”，但汝窑窑址的发现时间至少又提前了两年。此种纠正错误的笔法，委婉含蓄，发人深思。

据文献记载，“古汝州”在唐宋时期曾先后包括梁县、襄城、叶县、郏县、鲁山、龙兴（宝丰）、临汝等县在内。按《河南汝州直隶州历代统属考》解释“汝州”说：“唐代于太宗初改郡为州，天宝初年改为‘临汝郡’，乾元初年复为州。当时领有梁县、叶县、襄城、龙兴、郏县、鲁山、临汝等七县。宋代汝州因近京辅，亦名‘辅州’，领有梁县、叶县、襄城、宝丰、鲁山五县。金代汝州领有梁县、鲁山、襄城、宝丰四县。”此处在宋金时期忽然不见临汝之名。但在北宋《太平寰宇记》内则记载说“龙兴下有废临汝县”。所谓“废临汝县”即今日临汝县的临汝镇，故当时的龙兴（即宝丰）县应辖有今临汝县之大部。至于“临汝县”的名称始自唐玄宗先天元年（公元712年），属汝州郡。天宝元年（公元742年）始更名为“临汝郡”，属河东道。后周显德三年（公元950年）改临汝一县为镇，入梁县。宋复为汝州。金、元时期仍为汝州。明洪武初，梁县并入汝州。成化六年（公元1470年）改为“直隶州”，领鲁山、郏县。十年（公元1474年）增领宝丰县，十二年（公元1476年）增领伊阳（即今之汝阳）。清代仍为直隶州，领鲁、宝、郏、伊四县。民国二年（公元1913年）复改为临汝县。

其中，宝丰县之地理沿革亦历经变迁。按“龙兴县”之名始自唐中宗神龙元年（公元705年），曾名“中兴县”，寓唐室中兴之意。天宝元年改属临汝郡。五代时期仍名龙兴，隶汝州。宋熙宁五年（公元1072年）降为“龙兴镇”，归鲁山辖。元佑元年（公元1086年）复为“龙兴县”，并置“青岭镇”（即今日清凉寺窑址所在的“大营镇”）。宣和二年（公元1120年）始改龙兴县为“宝丰县”。《宝丰县志》（清乾隆刊本）“青岭镇”条内写道：“《宋史·食货志》：提辖京西矿冶，此当政和初。因青岭镇界产玛瑙，宝货兴发，蒙朝廷赐名兴宝镇。宣和二年以县有冶铁场故曰宝丰。”金代仍名宝丰，隶临汝郡。元世祖至元三年（公元1265年）县废，改名“宝丰镇”，归梁县，隶汝州。至明代初期，镇亦废去，地仍属汝州。成化十年复置“宝丰县”。明末曾一度改称“宝州”，清代复名“宝丰县”。

三、汝窑的主要特征

关于汝窑的主要特征，古来说法与个人体会多有不同。为了交换意见，这里仅就自己的体会作一些补充说明。

1. 气泡

著名古瓷鉴赏家郭葆昌先生曾经说：“汝窑釉厚者如蟹爪纹，火候烈则发生鱼子纹。”即俗所谓“汝窑釉泡如晨星”。我的老师孙瀛洲先生也说：“汝窑釉中的气泡稀疏，好似晨星一般寥寥

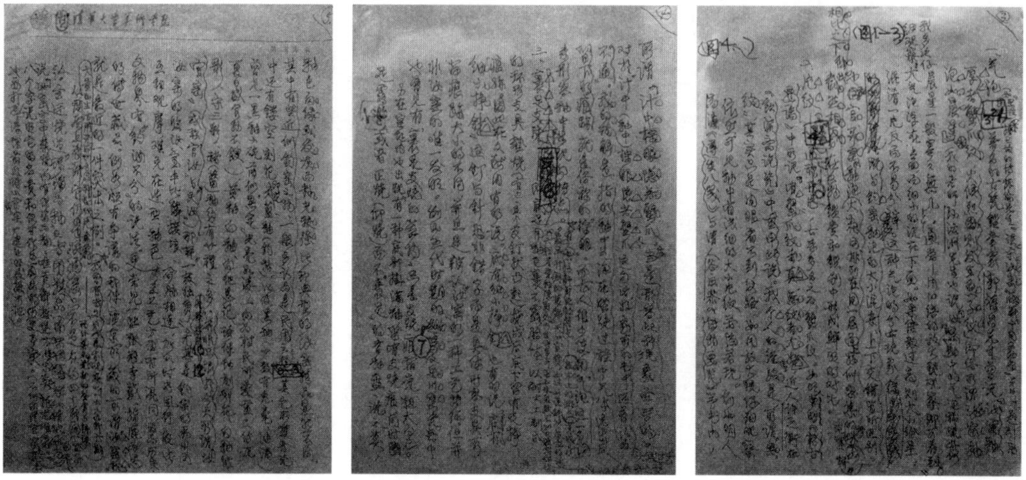

叶喆民手稿

无几，通常用10倍的放大镜观察即可以看到。”通过大量仔细观察，我发现大气泡一般浮在上面，而细小的沉在下面。如果放大镜倍数过高，则大小纷呈，混淆一片，反而不宜分辨。这种气泡的分布现象，既与钧窑釉泡之大小混杂、上下交错有所区别，也和哥、官窑釉泡（大小相同，排列在同一层面上，好似密集的珍珠泡沫一样）截然相反，形成鲜明的对比。

2. 片纹

片纹通称“开片”，古来多名之为“蟹爪纹”。如明曹昭《格古要论》中说：“汝窑器出汝州，宋时烧者淡青色，有蟹爪纹者真，无纹者尤好。”近人许之衡在《饮流斋说瓷》中重申此说。我个人的经验是，所谓“无纹”只是肉眼看不到纹路，若以放大镜仔细观察，依然可见釉中有浅细的大小片纹若隐若现。例如明人高濂《遵生八笺》与清人谷应泰《博物要览》等书内所谓“汁中棕眼隐若蟹爪”，应当是形容这种现象的。对于“汁中棕眼隐若蟹爪”这句话，有人以为不通。我认为，釉中气泡在燃烧过程中溢出而留下的痕迹，就是俗称的“棕眼”，而古人很少使用“气泡”这一名词来形容釉中出现的特点。有人将这种开片的特点（实为技术缺点）说成是“最早开创的装饰”，而大加宣传。如果此说成立的话，则六朝青瓷釉厚处内含许多气泡和冰裂纹又该如何评价？

3. 裹足支烧

即足底用釉包裹，不露胎体，以耐火土制成的环形支具垫烧（有三五个支钉状凸起），烧成后底下留有支挣痕迹。对此，文献中或曰“底有细小挣钉”，或曰“底有细小挣针”。这“钉”与“针”，恐非错字，而是具体形容支具所留痕迹大小的不同，并且是辨认“汝窑”的一种工艺特征。但是，这并非汝窑的唯一发明，例如五代时期的越窑及岳州窑瓷器中也曾见有裹足支烧者，只是支烧痕迹稍觉粗大而已。

另在窑址内也出现了一种底部挂满釉，留有支烧痕迹，同时圈足露胎，或者正烧（仰烧）而不裹足的青釉盘、洗之类，釉色闪绿或发灰而釉光较强，与那典型的汝窑精品显然不同。其中有些近似钧窑之物，一般多认为是民用之物。其他所获青瓷中还有镂空、刻花、印花、天蓝釉（钧釉），以及黑釉（少数有兔毫、油滴；曾见一黑釉小碗薄似“黑定”，光亮如漆，一向为村民所重，传说夏日盛食物不馊）、黄釉、白釉、白地绿彩、宋三彩、赭(酱)釉，约有廿种之多，并非今天所谓“汝官窑”（或称“官汝”与“民汝”）那样“一枝独秀”。尤其是钧窑的禹州同汝窑的临汝、宝丰毗邻接壤，矿脉相连，加以时尚风行，彼此相互观摩，难免在造型、釉色乃至工艺方面有所混同。因而历来文物界有“钧汝不分”的说法，更常见一些张冠李戴、指鹿为马的传世藏品。例如颇有争议的那件广东所藏的“汝窑枕”就是突出的一例。

从大量的生活用瓷与诸多品种的残片来看，其性质仍是民窑。只不过在约四十年间给宫廷烧过“玛瑙为釉”的专用精品。南宋周辉《清波杂志》说：“汝窑宫中禁烧，内有玛瑙末为油

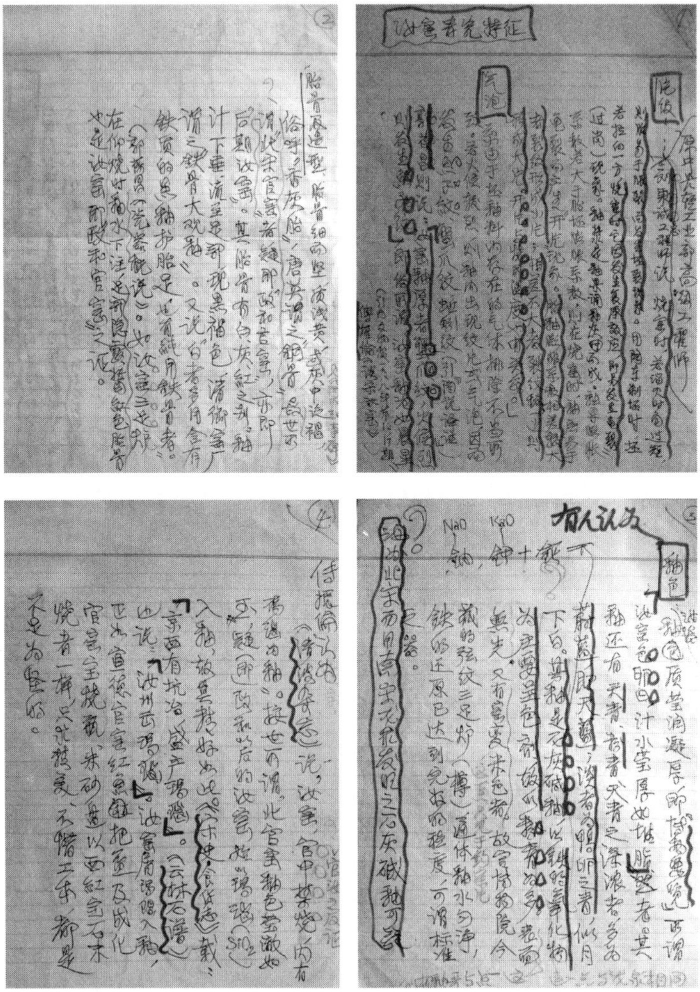

叶喆民手稿

（釉），唯供御拣退，方许出卖，近尤难得。”这说明它的名贵和可作为商品的历史事实（不似明清官窑连瓷器也要打碎深埋）。

四、胎釉工艺

有关胎釉的化学成分研究表明，汝窑青瓷胎为低硅而高铝质，因含铁钛较多，故在氧化焰中呈灰色（此即所谓“香灰

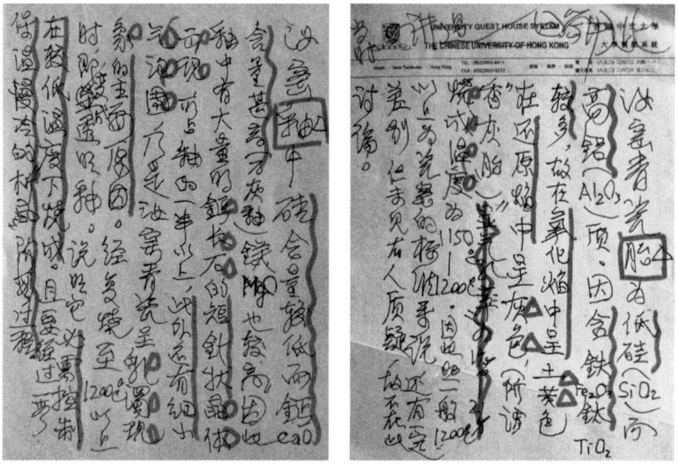

叶喆民手稿

胎”，胎骨细而坚，至浅黄，或灰中泛褐），显气孔率为19%—21%，烧成温度为1150—1200℃。汝窑釉中硅含量较低而钙含量甚高（石灰釉），含镁亦多，因此釉中有大量的钙长石的短针状晶体出现，占釉的一半以上。此外，还有细小气泡团，乃是汝窑青瓷呈乳浊现象的主要原因。经复烧至1200℃以上时，即变成透明釉。这说明它必须控制在较低温度下烧成，且需经过一段保温慢冷的“析晶”过程。汝器釉质莹润凝厚，即《博物要览》所谓“色卵白，汁水莹厚如堆脂”者。其釉还有天青、粉青。天青之深浓者多为蔚蓝（天蓝），淡者为鸭卵之青，似月下白。汝釉为石灰釉碱釉，以铁的氧化物为主要呈色剂，故以粉青为多，表面无光，又有窑变为米色者。故宫博物院今藏的弦纹三足奁通体釉水匀净，铁的还原达到完好程度，可谓标准之器。

关于汝窑的釉色多种多样，在许之衡《饮流斋说瓷》中叙述比较全面。他说：“汝窑在河南汝州，北宋时所创设也。土脉细润，如铜体，有厚薄，汁水莹润。有铜骨无纹者，有铜骨鱼子者，有棕眼隐若蟹爪纹者尤佳。豆青、虾青之色居多，亦有天青、茶末等色。”所谓豆青、虾青、天青以及粉青等釉色在当地所出汝窑瓷片内均已得见，惟“茶末”釉色尚未看到。但从烧制技术的角度想来，青瓷一旦过于氧化自然会出现黄褐之色。

五、汝窑名称的混乱及其是否为北宋官窑的问题

近二十几年来，考古界和文物界出现了一些关于汝窑的别称，如什么“汝官窑”或“官汝窑”以及什么“官汝”、“民汝”之类的叫法，甚至还有什么“汝钧窑”或“钧汝窑”与“唐钧”之类的怪名词（指的是临汝、宝丰出产的近似钧窑的青瓷。这类残片在两县窑址内都有不少出土。它们的烧制工艺采用汝窑的支钉方法，有的还有圈足，而釉色、釉质近似“钧窑”，也是所谓“钧汝不分”之物）。最近还有人说它可能是“汝官窑”的前身，恐怕也是凿空之谈，仍缺乏时间先后的确凿证据。如果上述这些名称是在个人文章分类中暂时的使用还可不问，但若流行下去，必将引起不良的连锁反应，造成不必要的恶果。例如钧窑（现已出现“官钧”等词）、定窑、耀州窑、磁州窑都曾在一定历史时期向官府、宫廷贡献过瓷器，按此逻辑岂不都可照样套用？如此，恐怕连历史文献也要改写，“五大名窑”也要加注解才行？

更有意思的是，因为北宋官窑的问题长期未能解决，有的专家学者著书立说，竟把汝窑同它联系起来，认为“北宋官窑就是汝窑”。恐怕所谓“官汝”、“民汝”之类名称的出现也与此有关系。在早年的日本书内，也曾见过此类名词。

对于“官窑”问题，早在20世纪30年代曾有英人大维德认为，宋人顾文荐的《负暄杂录》前文所记的“汝州青瓷器”，与他后文所讲的“宣和间京师自置窑烧造，名曰‘官窑’”应该属于同一件事。以后不断有人附和他的说法。细看台湾故宫《宋官窑特展》的图像与文字说明，似乎也倾向这一观点，将第67、68号

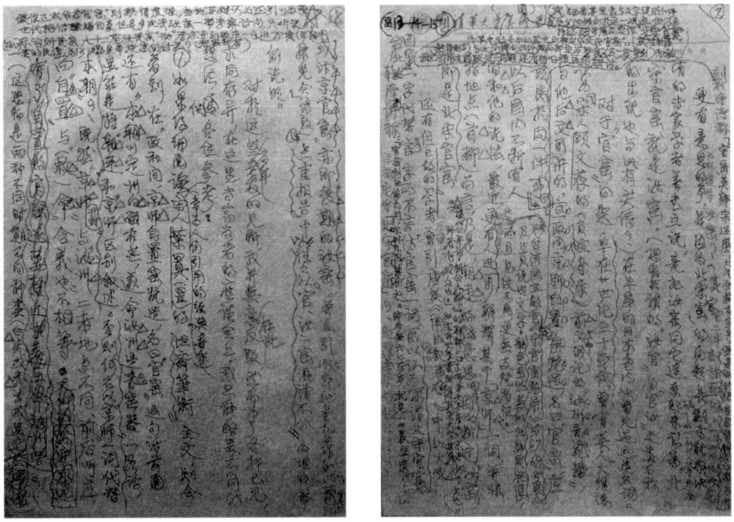

叶喆民手稿

展品定作“北宋官窑”。第43号水仙盆也同样定作“北宋官窑”（底有乾隆题诗刻字：“官窑创自修内司，尔时外间禁用之。即今经六七百岁，犹见一二晨星遗。”）。而与此同样的三件藏品却定为“汝窑”（为何定作“汝窑”？其他二件刻诗相同，只有一件开片似汝窑），这一问题还有待日后再作研讨。近来更有人进一步解释，其中“京师”一词并非指地点（首都）而言，乃是“朝廷”的意思。因此断定“汝窑”即是“北宋官窑”。（按《公羊传·桓公九年》解释：“京师者，天子居也。京者何？大也。师者何？众也。”）

还有学者曾引唐英《陶成纪事碑》中以“大观”二字代替“官”而不言“仿官窑”一词，所以认为所谓“北宋官窑”或“汴京官窑”亦即“后期的汝窑”，并且引1935年他参加工作的“故宫文物国际展览会”（伦敦）的《点查报告》中“往往以官、汝混淆不分”为理由举例说明。

对于这些见解，我在此无意反驳，然而为了各抒己见、求同存异，我只能略表不同的想法，以供参考。

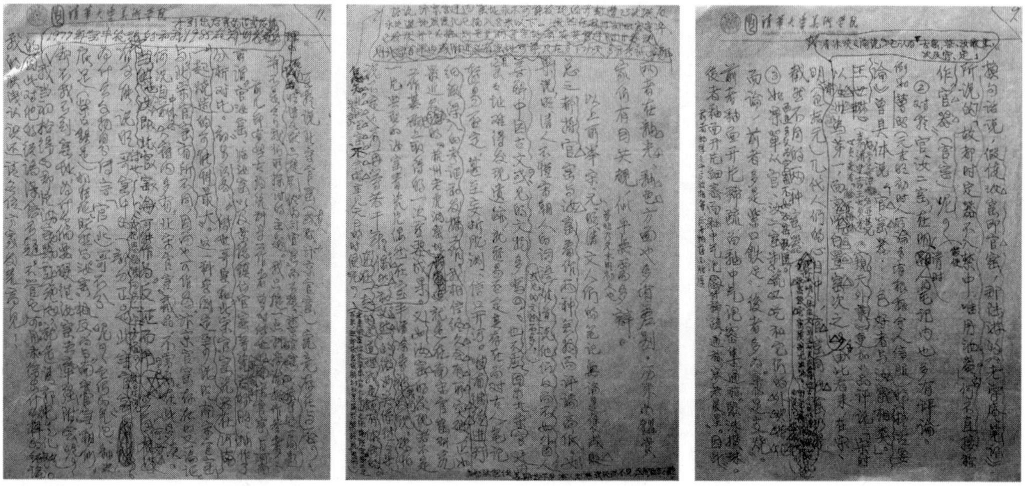

叶喆民手稿

1.如果仔细阅读常为人引用的经典著作宋叶寘《坦斋笔衡》全文，则会看到在“政和间，京师自置窑烧造，名曰‘官窑’”这句话前面还有“本朝以定州白瓷有芒不堪用，遂命汝州造青窑器”一段话。显然是将“朝廷”和“京师”区别叙述，否则何不以“京师”一词代替“本朝”？既然“京师”与“汝州”二者地点不同、前后呼应，而且“自置”与“令”含义也不相等。假设其正式作为“官窑”则揆情度理，当地百姓们必然引以为自豪，但是多次去汝窑一带考察访问，只听说“东沟到黄窑，七十二座汝瓷窑”和“清凉寺到段店，一日进万贯”一类的民谚，为何没有为皇帝烧窑的传说？

2.对于官、汝二窑，在明清笔记内也多有评论。例如，曹昭的《格古要论》曾具体说：“官窑器……色好者与汝窑相类。”王世懋《窥天外乘》更加以品评说：“宋时窑器以汝州为第一，而京师自置官窑次之。”此外，明人张应文《清秘藏》说：“汝窑较官窑质优滋润。”田艺衡《留青日札》也说它“亚于汝”。由此看来，在宋元明清几代人们心目中，官窑与汝窑乃是截然不同的两种

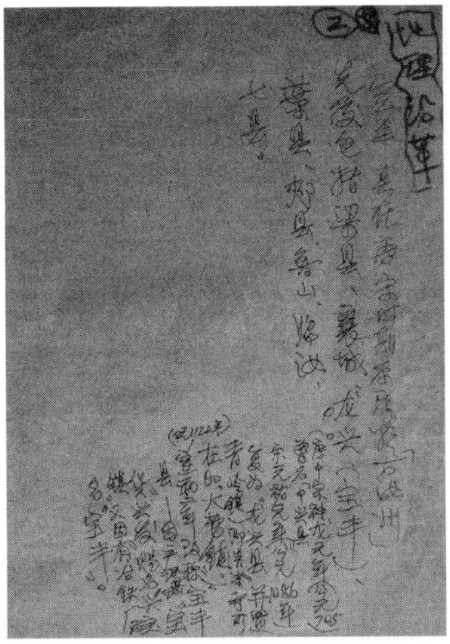
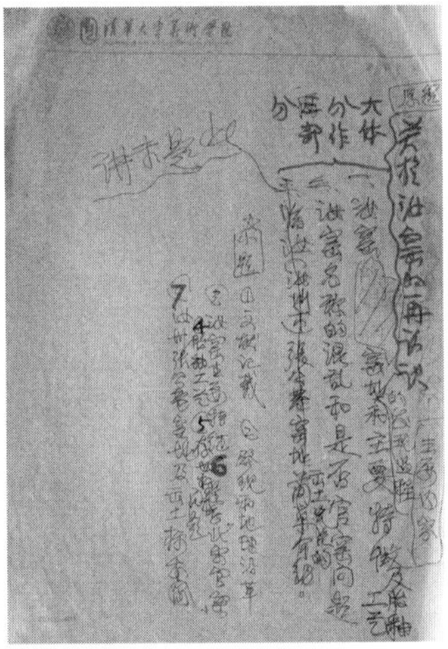

叶喆民手稿

窑器，而且多认为官窑不如汝窑精美。

3.如果单从官、汝二窑制瓷工艺和器物外观特征而论，前者多是“紫口铁足”，后者多是“裹足支烧”。前者釉面开片稀疏，而釉中气泡密集，通称“聚沫攒珠”；后者釉面开片细密，而釉中气泡稀疏，通称“寥若晨星”。因此，两者在釉光、釉色方面也多有差别。历来鉴赏家们有目共睹，似无需多辩。

以上所举宋元明清文人笔记，无论是褒是贬，都将官窑与汝窑看作两种器物而评论高低。如果说，明清人不懂宋朝人的词语，或见的文物不多，难道他们反而不如外国人善解中国古文或多见中国文物吗？我们不应因为北宋（宫廷内）官窑难得发现遗址，就轻易否定其存在；也不应对古人笔记肆意怀疑，甚至臆测妄断、信口开河。我相信，只要锲而不舍地进行细致深入的考证和发掘工作，这个问题终究会有所突破。近来发现的杭州老虎洞窑址即是一例。老虎洞窑址位于凤凰山与九华山之间，南距宫城不足百米，距郊坛官窑约2.5公里，属于“禁苑”范围内。这个发现就是在南宋官窑研究工作基础上取得的一次重要成果。又如汝窑的发现，若不是一片典型的汝窑青瓷片偶然在宝丰清凉寺被我们发现，恐怕还要再等若干年。偶然性和必然性之间，往往有一种微妙的关系将二者连在一起。对于这个道理，我是深有体会的。

据说，汴京宫廷内窑址因开封曾遭23次洪灾而在地层变化中陷入8米以下，永不可能被发现。难道我们由此就敢断言，“北宋官窑”不会有重见天日的时候吗？

至于“北宋官窑”（或称“汴京官窑”）究竟存在与否的问题（有人以为明清文献只提到“修内司官窑”，而未提“汴京官窑”），并不是我们今日所探讨的主题。在这里，我提一点科学论据作为参考。前几年，有些古瓷科学工作者曾对传世哥窑、南宋官窑与所谓“官汝窑”、临汝窑以及景德镇仿官窑等瓷器的胎釉作了分析对比。研究数据初步表明：传世哥窑和“北宋官窑”瓷器，在河南一起烧造的可能性最大。这一科学测定至少说明南宋官窑与“北宋官窑”有所不同，因而可以作为“汴京官窑”存在的证据。何况中外各大博物馆多有“北宋官窑”藏品，不需要在此多谈。当然，此亦可作为“汝即北官窑论”之反证。

如果换一个思路，我们何妨思考一下：传世哥窑之部分是否可能正是“北宋官窑”？为什么文物界传言“官哥不分”呢？它们的气泡、釉光、底足（“紫口铁足”）的特征与汝窑相反，而恰与南宋官窑相似，虽然找不到窑址，但为何偏要硬往汝窑牵强附会呢？

想当初，我于1977年在宝丰拾得汝窑典型瓷片，后于1985年在郑州发表会议论文，最终才引出后来的正式发掘。那块瓷片当时就是请郭演仪先生化验的，对于科学数据我深信不疑，不管它可用来得出什么样的结论。

考察河南临汝窑址记略

临汝（今名汝州市）窑是北方著名的青瓷产地。过去曾长期被当作汝窑窑址所在，因而中外考古学者早自20世纪30年代即已开始前往考察。20世纪50年代，陈万里先生与洛阳专署以及河南省文物工作队均曾相继做过实地调查，发表了调查报告。

我们在1964年那次钧汝窑址考察之行，也曾去过严和店、犬峪店一带的11处窑址，其中刻印花青瓷为主的3处，钧釉瓷为主的8处。以东沟、陈家庄、蜈蚣山三地而言，均为宋代遗址。而东沟窑与禹县钧窑窑址相距很近，只隔一山，所烧青瓷釉色青绿，具有钧、汝两窑的特色，从而也可看出二者的密切关系。陈家庄与蜈蚣山两处窑址所出钧釉残片以月白、天蓝色居多。前者还有月白釉加红斑，别具一格。有的釉质莹润，而且“裹足支烧”或“圈足支烧”，具有汝窑青瓷常见的工艺特征，尤属难能可贵。至于严和店、轧花沟、下任村三处窑址所出青瓷残片，绝大多数为印花装饰，而刻、划花纹者极少。主要有缠枝、折枝花卉、海水游鱼、菊瓣花朵及莲池鸭戏等图案，富有浓郁的民间生活气息。

1983年秋，因参加“第一次仿汝瓷鉴定会”再赴严和店一带窑址考察，除获得大量刻印花青瓷片外，尚有不少天青釉（有的带有鲜艳的红斑）和灰绿釉以及少量黑、白釉、白地绘黑花瓷片。

当时在临汝文化馆所见各种残片出自26处窑址。1987年重作考察时，又见该馆陈列品已增至43处之多，但无一片与传世的典型汝窑天青釉色雷同。在大量的印花青瓷中，除釉层较厚且多有气泡，而且釉色青绿，与耀州窑之青黄色调有所区别外，其断面胎色呈土黄色或灰色而且粗糙。还有一些在碗心印团菊花纹的，其中心有一圆圈，内印阳文“童”字，或阴文“吴”字以及“段”、“赵”等铭记，可能是窑主或工匠的姓氏标记。后来我们在宜阳窑址考察中所得的青瓷印阳文内，也有“吴”、“同”（与“童”同音）者。此外，在新安窑内也有“吴”、“同”、“杨”、“惠”、“张”等铭记者。相对照看来，它们之间究竟存在怎样的关系，仍值得再做进一步的探讨。

临汝窑刻印花青瓷与宝丰、鲁山窑同类青瓷相比，在外观上十分相似，而且同属汝州体系，可以等量齐观。然而若和那种典型的汝窑天青釉瓷器相比，则无论是在外观还是在本质上都有显著的区别。两者即使同出自一地，也是不能混为一谈的。老友李国祯、郭演仪所著《中国名瓷工艺基础》一书对“南北方青瓷的胎釉及其特征”解释说：“临汝窑青瓷为釉面较亮的艾青色，釉呈透明，可察见胎之刻、印花纹饰。有时由于窑内气氛关系，也有褐黄色釉出现。”“它的胎釉属高铝质，含铁、钛氧化物的量都在1%以上，多呈灰色，氧化气氛烧成呈土黄色。”“釉中钙含量为7%—9%，与哥窑、钧窑青瓷釉中CaO（钙）含量相近，为‘汝官窑’青釉的一半。”值得注意的是，“临汝窑青瓷的烧成温度高于‘汝官窑’青瓷，为1270℃±20℃，但非所有产品均致密烧结，有一部分还处于生烧状态。其气孔率高达8.6%，这说明窑内各窑位的温度分布不均。从显微结构可见，临汝青瓷釉中气泡较大，钙长石晶体量少而细小。”这一段科学的解释结合上述物征看来，都从本质与现象上对临汝窑青瓷作了简要的说明。

在1964年至2000年间，我曾先后去过临汝六次，所见当地出土器物不在少数。其中印象较深者有的已在前面“钧窑”、“汝窑”二文内有所简介，不需赘述。现就文化馆所藏一件“金临汝窑白地绘黑花题诗八棱长方枕”而论，该枕不仅在边饰花纹上与磁州窑制品有所不同，尤其是书写在枕面上的主题诗文，也和一般常见的吟风弄月或明哲保身、看破红尘的消极遁世的文风相异，而代之以借古喻今、讽刺时政的诗意。按此诗本是晚唐诗人汪遵所作，原诗为：“秦筑长城比铁牢，蕃戎不敢过临洮。焉知万里连云势，不及尧阶三尺高。”此枕误将第一句“比铁牢”误写作“北截牢”，第三句“连云势”写作“连云色”，而且书法也不甚高明。类似此种笔误的磁州窑型作品不乏其例，无足为奇。例如一件“金扒村窑白地绘黑花书诗句孩儿枕”（上海博物馆藏品）上书“叶落猿啼霜满天，江边渔父对愁眠”诗句，一望而知乃是唐诗人张继的名作《枫桥夜泊》中“月落乌啼霜满天，江枫渔火对愁眠”的笔误。又如一件“元磁州窑白地黑花书词句长方枕”（磁县博物馆藏品），枕面上主题文字书元代文人陈草庵《山坡羊》词一阕，写道：“风波实怕，厉舌休卦，鹤长鹤短天生下。劝鱼家共樵家，从今莫说贤鱼话。得道助多失道寡，渔也在他，贤也在他。”文中的“鱼”、“渔”二字虽有不同，但恐与“愚”字一语双关，甚至“鹤”字可作“何”，“樵”字可作“瞧”来理解，确是耐人寻味、寓意深刻的一件作品。类似这样的磁州窑型瓷枕尚有一些，而以临汝出土的这件瓷枕尤为别致。临汝窑所出近似磁州窑型的白地绘黑花瓷残片，在严和店窑址虽然所得有限，但当地出土的这类瓶、枕、罐等尚有数件，造型与花纹别具风格，并有“宋临汝窑三彩绘划花纹枕”，釉色鲜艳，较之宝丰窑址所出宋三彩瓷器毫无逊色。

1983年“第一次仿汝瓷鉴定会”期间，众人重去严和店窑址，归来时已值黄昏，途经一条小溪，因雨后溪水暴涨，汇成河流，所乘大车不敢冒然涉水，又恐夜幕将临难回县城。正当危难之际，幸得陪同前往的年逾五旬的王县长率先跳入河内探试深浅，引导汽车前进，方得化险为夷。那一惊险场景与县领导以身作则、不畏艰险的作风，至今思之犹不胜钦佩。

在工作余暇，也曾到当地名胜“风穴寺”游览一番。该寺创建于北魏时期（420—534年），以后历代均有修建。原名“香积寺”，隋为“千峰寺”，唐为“白云寺”。开元年间建有“七祖塔”，高约22米，为九层方塔。寺院周围尚存元、明、清僧人墓塔83座，俗称“塔林”。结伴畅游古寺，环顾四周，群山如画，松柏成荫，景色异常幽深，令人心旷神怡。寺内中佛殿为金代建筑，并有北宋宣和七年所铸大铁钟。观赏古迹文物之余，联想到文化馆所藏的《汝帖》石刻，不禁思及我以前收集的一部《汝帖》拓本，而今早已散失而成过眼云烟。虽是重摹旧刻，但是古来七十余名家书法荟萃一堂，只下真迹一等，其珍贵不亚于《淳化阁帖》与谭、绛诸帖。几次去参观馆藏出土陶瓷之时，每每观摹此石刻，令人留恋不欲离去。

访磁州窑

磁州窑是宋代民间常见、而今在世界各国的大博物馆或陶瓷鉴赏家的藏品中多有收藏的一种白色胎地上绘、划黑花纹样的瓷器。它以质朴、豪迈的艺术风格深受人们喜爱。虽然它的影响曾遍及大江南北，乃至朝鲜、日本、泰国、越南许多窑场，而且千余年来一直未断烧造，然而过去却很少见于文献，因此不如“五大名窑”那样为人重视。最早也不过在明代曹昭《格古要论》与谢肇淛《五杂俎》的笔记内略有所记。

关于磁州窑址所在，由于历代地区的划分不同，以前是在河南彰德府的磁县，于今则属于河北邯郸市。经过半个多世纪以来中外人士对它的研究，现已有了相当的认识。它的主要特点和贡献是，能用粗劣的一般原料在比较灰褐的坯胎上加以白色“化妆土”，绘画或剔、刻、划花纹，烧制成美观、实用而且价廉的盘、碗、盆、罐、壶、枕、瓶之类的日常用具，品类丰富，技法多样。它们的装饰题材平易近人，格调清新，并且能用当时流行的诗词歌曲作主题纹饰，不仅为广大群众所欢迎，也为后来的瓷器装饰树立了成功的榜样。因而自北朝迄今延续约一千五百年，而未断烧造，形成了国内庞大的“磁州窑类型”的体系。例如:河北曲阳的燕川村窑、临城的南程村窑、河南焦作市的当阳峪窑、禹州市的扒村窑、鹤壁市的鹤壁集窑、登封的曲河村窑、山东的枣庄窑、山西的介休窑、临汾窑、内蒙古的赤峰窑、安徽的宿县窑、江西的吉州窑、广西的合浦窑等窑址出土的器物中，有些类似磁州窑风格而不易区分。特别是在朝鲜、日本和西洋曾有所谓“绘高丽（YeKaulie）”的名称，是指一种白釉绘画黑花的瓷器。在日本还有所谓“绘唐津”以及“雕三岛”的名称，指的是绘、划黑色或褐色花纹的瓷器，都是直接或间接受到磁州窑影响的作品。据说元代期间，暹罗(泰国)国王还曾派人来中国招聘磁州窑工匠前往传授制瓷技术，都说明它的影响非常深远。

我也曾于20世纪50年代去过那里数次。但主要是为了探视在磁州窑工作的胞弟，无暇作窑址的考察。而正式的实地调查是开始于1977年的《中国陶瓷史》编写工作。当我们最初抵达这千年古窑——观台窑址时，正是春意阑珊的四月天气，到处俯首可拾的各类瓷片使人记忆犹新。对于陶瓷考古工作者来说，哪怕是获得几片精品，也会忘记一天的疲倦。虽然归途中所乘的吉普车曾一度陷入漳河畔的泥淖中，眼看夜幕将临而有露宿或落水的危险，可是脑海里依然闪现着这古窑址的自然风光和磁县文化馆(今改名磁县博物馆)的珍贵宝藏，以及难得一见的滏阳河元代沉船中的许多陶瓷器皿。例如一件书写“清风细雨，黄花红叶”八个字的白瓷盘，用简练的抽象词句，使人仿佛在盘上看到一幅美丽的图画而产生无限遐想。又如一件当地出土的“金磁州窑长方形白地黑花鹰兔纹枕”所绘飞鹰、逸兔与风吹草动的生动画面，和一件施加绿釉的八角形“金磁州窑诗文枕”，上书“蜂飞花下至，鹤引水边行”，字体好似米芾书法，清劲雅健，非同一般，均堪称磁州窑瓷枕中书画妙手的上乘之作。联想明人陈继儒《妮古录》中所误当作“定窑”的白定瓶上“仁和馆”三字，说是“字如米氏父子所书”的故事，亦可窥见米字书法沾溉弘远、泽及陶瓷装饰的一斑。

尤为别致的是一件印有“张家造”戳记的“金磁州窑题词长方形枕”，上面用篆字、楷字混合书写《人月圆》词一阙：

南朝千古伤心事，犹唱后庭花。旧时王谢，堂前燕子，飞向谁家？恍然如梦，仙肌胜雪，宫鬓堆鸦。江州司马，青衫泪湿，同是天涯。

此枕词意缠绵悱恻，充满沦落天涯、思念故国的悲伤之情。据该馆张子英馆长考证，这一阙《人月圆》词为宋人吴激入金邦被羁留，在燕山张总侍御家宴会上，见到原为宋宣和殿小宫姬的侍儿歌唱抑郁可怜，彼此处境相似而有感之作。此词流行一时，为磁州窑匠师抄录在磁枕上流传后世。据《中国人名大词典》称：“吴激，字彦高，米芾之婿。工诗能文，字画俊逸，得米芾意。尤精乐府，造语清婉。将宋命至金，以知名留不遣，命为翰林待制。”对照读来，至今仍令人不禁为之感叹。而米家书法之为磁州窑匠师们情有独钟，于此不难理解。或许是米字那种豪迈矫健的风格，更符合所谓“燕赵多慷慨悲歌之士”的当地人们的审美要求，也未可知。

在传说自明代开始发达起来的彭城镇(即今日邯郸陶瓷公司所在地)，同样有着宋、金、元瓷片的大量遗存。例如在其附近的杏花村就曾与宋代天禧（1017—1021年）、元丰（1078—1084年）铜钱一起出土过白地绘黑花、宋三彩、黑釉等许多瓷片。而最有代表性的是附近响堂山文物保管所藏的一批瓷枕。其中一件“金磁州窑白地黑花诗文枕”上面写道：

长忆离家日，双亲拂背言。

过桥须下马，有路莫行船。

未晚先寻宿，鸡鸣早看天。

古来冤枉者，尽在路歧边。

这首诗生动地刻画出一幅游子背井离乡、思念双亲的愁苦心情，同时也如实地反映了当时行路之难与社会不安的景象。

另一件“元磁州窑题《山坡羊》词四系瓶”上面写道:

晨鸡初报，昏鸦争噪，那一个不红尘里闹？路遥遥，水迢迢，利名人都上长安道。今日少年明日老，山依好，人不见了。

此瓶不仅书法刚劲有力，酷似当时的书家鲜于枢、冯子振的书风，而且在抒情写意上也代表了磁州窑的传统风格，都为研究当时社会民俗提供了绝妙的参考资料。

1983年再赴彭城出席“磁州窑学术研讨会”时，曾有人赠以东艾口窑址所得一残枕片，上书“思齐”二字。按枕面位置推测，当是“见贤思齐”四字成语。类似如此正视人生、自强不息而富有上进精神的语句，写在磁州窑器物上的事例尚属少见。特别是一般多是潦草的行草书，书法奔放有余而端庄不足。而且以标明器物用途或吉祥成语，以及明哲保身、吟风弄月或悲观厌世之作居多。而此枕书法一笔不苟，大有“颜筋柳骨”之风，正所谓“书为心画”，用严谨之字写郑重之句。可能是一些战乱逃亡的士子隐身在工匠的行列里。例如金代磁州窑枕中常见的署名“漳滨逸人”之流，以其刚健有力之笔，写下了这铁骨铮铮的语句，用以自勉或以之劝世，同时也反映出世乱纷纷、人心思治的迫切心情，可以说是一件别开生面、十分难得的作品。

此外，在参观各处窑址时，又在观台窑址得一新奇品种——白地褐彩划花残片。做法与一般白地绘划黑花有所不同，迄今在国内外尚未看到有如此做法的完整器物（据说以前曾有遗物传世，声价十倍云云）。对比1980年在定窑燕川村窑址所得的一件类似的残片“白地绘划黄花”残片，在绘划技法上大同小异而略有区别。前者是先划花然后画彩，后者则先画彩然后划花，因而在风格上乃有自然生动与拘谨规整之分。类似这般罕见的残器，即使在以后的正式发掘之物中也未见报导。以后直到1989年与本院研究生再去定窑，1995年与英国东方陶瓷学会会员们再去磁州窑考察，乃至去年冬季重访磁县博物馆时，仍然无缘重见一片。只是在国外藏品中，曾经见有定窑类似而技法不同的完整文物而已。

在著名的彭城响堂山还保存有北齐（550年—577年）修建的石窟造像。总计南北响堂共有石窟十六座，大小造像三千余尊，不仅造型优美，雕刻的飞禽走兽也栩栩如生。而且殿亭楼阁依山构筑，石洞幽深。而北响堂山（高约800米）有一洞窟尤为壮观，但破坏较甚。另一洞窟满壁刻字，可惜光暗不易辨认。细审其书法，近似北周《经石峪》之豪放古拙，惟觉瘦硬过之。而佛像雕刻服饰犹如曹衣出水，似可透见骨肉。这都是研究建筑、石刻和书画艺术不可忽视的宝贵文物。

离开彭城后，驱车驰行30里直达邯郸。一路上思想起唐人岑参的诗句："客从长安来，驰马邯郸道"，"客舍门临漳水边，垂杨下系钓鱼船……"而不禁神往。

邯郸位于河北南部，过去一度曾隶属河南彰德府，是我国"五大古都"之一。早在《春秋谷梁传》中就已见于记载。战国时期赵国于公元前386年建都此地后，历时158年之久。闻名已久的丛台、学步桥、回车巷、吕翁祠等名胜古迹，历来不知吸引了多少文人墨客。市内今人民公园中的"丛台"，虽然已不像古诗中形容的那样荒凉令人感伤，但仍不自禁地联想唐李远诗中所说：

有客新从赵地回，自言曾上古丛台。
云遮襄国天边尽，树绕漳河地里来。
管弦变成山鸟哢，绮罗留作野花开。
金舆玉辇无行迹，风雨唯知长绿苔。

目睹今日修整一新、金碧辉煌的亭台楼阁，登临其上，放眼四周，但见台前松柏夹道，东望滏阳河，西眺紫山，因而对壁上嵌刻的"滏水东渐，紫气西来"八个大字体会益深，顿时觉得心胸为之豁然开朗。台西有小湖，湖东北有"七贤祠"，祀有蔺相如、廉颇等燕赵先贤。仰慕之余，还想再去蔺、廉狭道相逢的“回车巷”与黄粱一梦的“吕公祠”等处浏览一番，但时间有限，只能遐想。直到1982年再携研究生重去磁州窑考察时，方得顺路去“学步桥”一览胜景。

据文献记载，“学步桥”原为木桥，明万历时期始改作石拱桥。两侧有石栏，栏板上浮雕人物走兽，柱头上雕刻狮子形态互异。桥名来源于《庄子·秋水》篇中韩国寿陵少年因学邯郸人步法而失态的典故。站在桥下留影之余，不由得又思及李白所作“寿陵失本步，笑煞邯郸人”的名句而浮想联翩，感怀不已。

印尼所藏中国古陶瓷考察记略

我国古陶瓷早自唐代即有大量制品输往海外，但因史书未见记载，只能凭海外出土或海底沉船出水的实物加以论证。幸有宋人赵汝适《诸蕃志》与元人汪大渊《岛夷志略》等书传世，始为我们研究当时陶瓷器外销问题提供了十分宝贵的文献资料。前者所记我国输出陶瓷的国家有15处，而后者竟达44处之多。其中列举的三佛齐、兰无里、阇婆、西龙宫、爪哇等处均属印尼领地，所记输出的陶瓷品种有青瓷、白瓷、青白花瓷器及处器（应是龙泉、丽水窑）等多种。明初虽然一度实行海禁，但据《明史》记载与郑和多次出海的史实以及随其外出的费信所写的《星槎胜览》和马欢的《瀛涯胜览》等文献看，官府“赐赠”与民间外销的瓷器有增无已。后者还曾提到印尼爪哇的情况：“（其）国人最喜中国青花瓷器。”而前者记载中的苏门答剌、爪哇等处也是我国青白瓷器的输出之地。到了清代，民间外贸瓷器数量更不亚于前朝，据《清朝通志》记载：康熙二十三年开放海禁，允许江南沿海一带如浙江、福建、广东人民使用五百石以上的船只出海贸易。自此以后，中国陶瓷除输往亚洲国家，还络绎不绝地输往欧、美、澳各洲，仅以印尼而言，爪哇、苏门答剌乃至三宝垄以及婆罗洲等地也都成为我国瓷器输出的主要市场。

然而，尽管我国与印尼之间的陶瓷贸易如此历史悠久，器物繁多，在国内却很少见有专著作系统地记录和研究，偶有学者所记，亦多语焉不详。且因两国曾冻结外交关系多年而今方得往来，更罕见具体的实物或照片。因而这方面的情况仍有待今后作进一步地研究和探讨。我曾赴印尼中爪哇祝贺家岳母百龄高寿，藉便在雅加达、三宝垄、梭罗、日惹、万隆等地参观了几处博物馆的陶瓷陈列。虽如走马看花，但也好似盆鱼纵壑，颇有顿开茅塞之感，现就闻见所及略记梗概，聊供学者参考。

一、雅加达马利克博物馆（D,Adam Malik Museum）

印尼首都雅加达（Jakarta）地区早在16世纪初期以前曾名“森达卡拉巴”（Sunda Calappa），原是一处贸易港。到了16世纪20年代被信奉伊斯兰教的班达姆国占领，由其王族中的一人统治而改名“雅加达”。那时荷兰曾以此为据点进行过东方贸易。1602年（明万历三十年）设立了“东印度公司”，从事大规模的中国陶瓷及其他贸易活动。1621年（明天启元年）又将雅加达的名称改成荷兰一个民族之名“巴达维亚”（Batavia），并以此处作为其在东南亚一带的坚固根据地。该处城堡与市街至今仍残留着一些遗址，如在市街北部近海岸地区还可看到东印度公司本部的仓库建筑群，多为木结构和砖瓦建成的三层楼房。在入口处有石制拱门，上面刻有1717、1733—1774等建造年号（约清康熙五十六年至乾隆三十九年间），其中一部分仓库现已改为印尼海滨博物馆（The Maritime Museum），沿用至今。其“巴达维亚”的名称直到第二次世界大战时期仍在使用，印尼独立成为共和国后方又改名雅加达。

马利克（Adam Malik）原是印尼第三任副总统，他雅好收藏文物，藏品十分丰富，死后将藏品捐献国家并于1985年建成博物馆。虽然建馆时间不长，但其藏品之精闻名世界。仅中国古陶瓷器就达1500件之多，其他绘画及工艺品也相当可观，在印尼首屈一指。我在到达印尼后的第二天即应该馆前任馆长西地亚文夫人（Mrs.Sumarah.Adhyatman）之邀前往参观，并在她盛情陪同下得以饱览了许多陈列的精品。有些器物在国内尚未见过，多为当地出土或收购之物。

从展品的时代和品种来看，有汉、魏、六朝的青瓷，隋、唐的青瓷、白瓷、黑瓷与唐三彩，宋、元的影青、青瓷和青花、釉里红、黑、白瓷以及明清时期的青花、五彩、斗彩、珐花与各种颜色釉瓷器。其窑口包括越窑、邢窑、定窑、长沙窑、磁州窑、广州（西村）窑、耀州窑、龙泉窑、建阳窑、吉州窑、德化窑、景德镇窑等多方产地。难怪其为世界各国陶瓷鉴赏家们所推许，甚至在印尼报纸的“导游栏目”内将其列为博物馆的首位，我国报纸最近也曾有专文加以介绍。

在参观浏览中印象较深的精美展品有如下器物：

1.隋青釉盘口鸡头壶一件

2.唐定窑白釉壶（中爪哇出）一件

3.唐定窑白釉碗（中爪哇出）一件

4.唐邢窑白釉碗（中爪哇出）一件

5.唐青釉印花三系壶（西爪哇出）一件

6.五代越窑青釉印人物纹四系壶（东爪哇出）一件

7.宋龙泉窑鸟形纽盖蟠龙瓶一件

8.宋龙泉窑印双鱼纹盘一件

9.元褐黄釉双龙耳三狮足大炉一件

10.元景德镇窑青花缠枝花纹直颈瓶一件

11.元景德镇窑青花八棱瓶（残破）一件

12.元景德镇窑青花及釉里红盘、碗、罐多件

13.明正德景德镇窑青花阿拉伯文大盘一件

14.明嘉靖景德镇窑青花飞鹤仙桃纹大盘一件

15.明嘉靖景德镇窑青花鱼莲纹大盘一件

16.明龙泉窑印“清香美酒”铭狮形纽盖罐一件

17.清康熙郎窑红釉盘一件

18.清景德镇窑粉彩绘巴达维亚风景图盘一件

此外还有不少精品未及一一胪列，多为印尼出土或捐赠之物。其中最有历史价值的是上述那件清中期外销的“粉彩绘巴达维亚风景大盘”，它不仅如实地反映了当时荷兰东印度公司在雅加达设置城堡与垄断贸易的真相，而且也是我国曾向印尼出口陶瓷的历史见证。至于在中爪哇所出的唐定窑、邢窑、白釉壶、碗与西爪哇所出的唐青釉三系壶，以及东爪哇所出的“五代越窑青釉印人物纹四系壶”，虽然未见确切的出土地点与考古记录，但是揆诸当时这些名窑瓷器均曾输往埃及、伊拉克、印度、日本、朝鲜等地的历史情况看来，似非一般后来购藏或捐赠之物。尤其是唐代白瓷和青瓷壶、罐的造型和纹饰颇为别致，从而为研究我国古代外销瓷器的样式，也提供了十分有用的资料。其他如上述的“明嘉靖青花飞鹤仙桃纹大盘”竟与故宫博物院的官窑藏品一般无二，而那件青花鱼莲纹大盘和明龙泉窑印“清香美酒”铭狮纽盖罐也都是罕见的珍品。

二、印尼国立博物馆（Jakarta National Museum）

印尼国立博物馆屋宇宽敞，满目琳琅，颇有故宫博物院的陶瓷馆和文华殿陶瓷陈列室的气概。

由于该馆将中国陶瓷与印尼古代陶瓷器混合陈列，因此首先

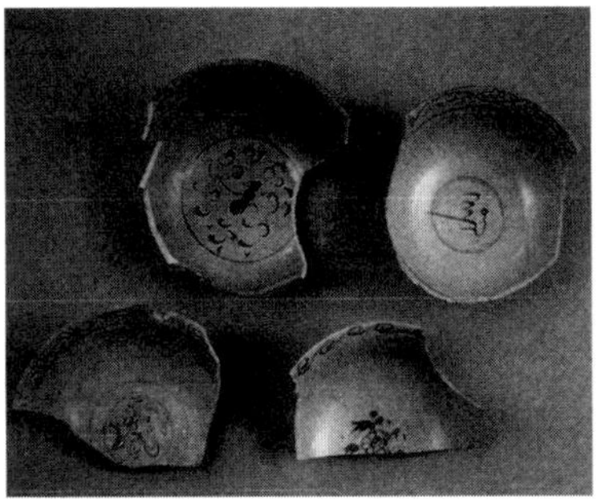

元景德镇窑青花残片（印尼出土）

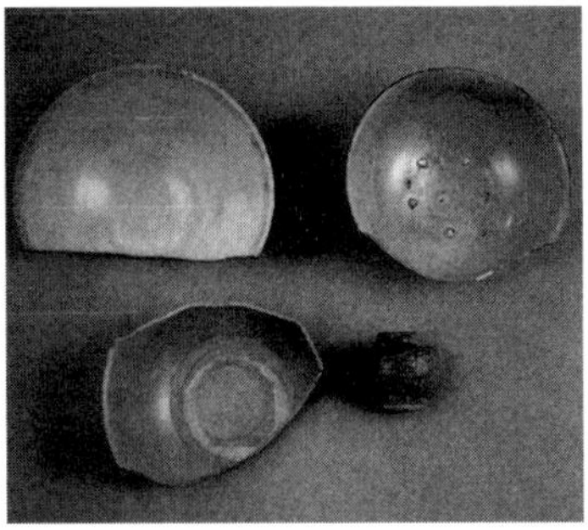

元景德镇窑白瓷残片（印尼出土）

需要识别其产地和时代乃至优异特征。然而中国古陶瓷的数量约占其80%以上，可以说是处于喧宾夺主的位置，这也是由其质量与历史所造成的必然结果。综观展品，中国较早输出的名窑陶瓷品几乎应有尽有，而且多为印尼各地出土或搜集之物。从曾来此参观考察的日本著名陶瓷学者三上次男教授所撰《东南亚的晚唐、五代时期的陶瓷贸易》一文似可见其一斑。他说：

印尼所属的苏门答腊、爪哇、塞列别斯、加里曼丹等，以及其它各岛出土有9—10世纪的中国邢窑、定窑、巩县窑等白瓷钵，河南鲁山窑等黑釉白斑壶与水注，河南巩县窑三彩钵、水注，浙江越窑、婺州窑等的青瓷碗、壶、水注，湖南长沙窑的釉下彩绘花碗、水注以及广东各窑的青瓷与白瓷水注、壶、钵、碗乃至广东任何窑址均曾制作的里面残留星形无釉部分的青瓷钵等等。关于这些情况已经为人所熟知，然而多数是未经过考古调查而发现之物，因此不知其确切的出土地点。

虽然目前按照一般考古学的要求，未经实地调查和遗址发掘的文物很难得到专家学者们的公认，然而如联系我国古代文献进行考证，有些典型器物结合当时当地的历史记载来看，则未必是毫无根据的普通展品。例如成书于宋宝庆元年（1225年）的《诸蕃志》的作者赵汝适乃宋太祖的八世孙，曾官福建路市舶提举，他在该书《序言》中写道：

汝适被命此来，暇日阅诸蕃图，有所谓石床长沙之险，交洋竺屿之限，问其“志”则无有焉。乃询诸贾胡，俾列其国名，道其风土，与夫道里之联属，山泽之蓄产，译以华言，删其秽渫，存其事实，名曰《诸蕃志》。

无论从作者的治学态度或成书过程及其所具备条件而言，均可谓是十分严谨且足资凭信的一部详实记录，因此一向为史学家所依据。书内列举了当时亚洲、非洲56个国家或地区，而与我国曾进行瓷品交易的15处中如“三佛齐”，据我国著名陶瓷学者刘秉诚先生考证：“其故地即在印尼苏门答腊，公元7—13世纪立国，曾于960年（宋太祖建隆元年）遣使至宋。‘阇婆’在宋以前称作‘诃陵’，故地在印尼的爪哇与苏门答腊，或者是专指爪哇。‘兰无里’则在苏门答腊西北的亚齐河（The river Aceh）下游的哥打拉亚（Katoraya）一带。”

元龙泉窑青瓷牡丹纹大盘残片（印尼托邦海岸沉船中发现）

至于上述元人汪大渊所著《岛夷志略》中提到的爪哇、苏禄等地，与今日印尼通用名称Java（爪哇）、Solo（梭罗，又称“苏拉卡尔塔”Surakarta）的发音更为相似。其他有关印尼的译名尚待进一步探研。汪大渊乃江西南昌人，地近景德镇，对于瓷器自不陌生，他曾在元末至正年间（1341—1368年）随同商船出海，两去东、西洋，遍及数十国，所记见闻当然可信。例如该馆陈列的几件海底出水的元代青白瓷器上还粘附有海藻、贝壳便是具体明证。此外还有数柜东爪哇出土的元青花与青、黑釉瓷器残片，也都足以说明当时两国瓷器交易频繁的历史事实。联想当地搜集的传世中国宋、元、明瓷器展品，除个别例外，恐其绝大多数是毋庸置疑的。

在观赏中摄影留作参考的精品有：

1.唐长沙窑青釉褐彩螭柄螭系大壶一件

2.唐白釉高足盘一件

3.唐白釉贴花双龙耳瓶一件

4.唐白釉碗一件

5.唐白釉绘黑花唾盂一件

6.唐黑釉执壶一件

7.唐三彩绿釉军持一件

8.唐蓝釉壶一件

9.五代白釉凤头执壶一件

10.宋影青雕狮形执壶一件

11.宋龙泉窑斗笠形碗一件

12.宋耀州窑刻花盘一件

13.元钧窑碗一件

14.元磁州窑翠青釉绘黑花纹炉一件

15.元磁州窑白釉绘黑花灵芝纹双系壶一件

16.元景德镇窑釉里红缠枝菊纹玉壶春瓶一件

17.元景德镇窑釉里红飞凤纹玉壶春瓶一件

18.元景德镇窑青花飞凤牡丹纹夔花口大盘一件

19.元景德镇窑青花鱼藻纹大盘一件

20.元景德镇窑青花蕉石竹瓜纹菱花口大盘一件

21.元景德镇窑影青开光雕贴花纹玉壶春瓶二件

22.元代沉船出水青白瓷器（印尼发现）

23.出土元明青花瓷器残片（印尼发现）

24.明洪武青花“福”字铭碗一件

25.明永乐青花折枝牡丹纹菱花大盘一件

26.明宣德青花狮球纹大罐一件

27.明初青花楼阁仕女纹大罐一件

28.明中期青花、五彩阿拉伯文大盘二件

29.明嘉靖蓝釉描金白象耳香炉一件

30.明嘉靖绛釉白花玉壶春瓶一件

31.明器靖绛釉三足炉一件

32.明嘉靖孔雀绿釉军持一件

33.明嘉靖青花龙纹大罐二件

34.明嘉靖款青花龙纹大缸一件

35.明嘉靖款青花狮球纹大缸一件

36.明嘉靖青花博古缨络纹蒜头瓶一件

37.明嘉靖蓝釉白花莲荷纹蒜头瓶一件

38.明嘉靖白釉印花缠枝菊纹大碗一件

39.明嘉靖五彩开光描金花纹执壶一件

40.明嘉靖青花“寿”字团花纹大罐一件

41.明嘉靖青花“寿”字开光人物纹胡芦瓶一件

42.明万历五彩“忠孝廉节”铭人物纹大盘一件

43.明万历青花“寿”字铭盘一件

44.明万历青花“天上”铭盘一件

45.明万历青花鹰隼纹盘一件

46.明中期珐花绣墩及小罐二件

47.明磁州窑白地绘黑花开光人物纹大缸一件

48.清康熙青花人物纹大罐一件

49.清康熙青花仕女纹方形罐一件

50.清康熙五彩仕女纹盘二件

此外还有许多历代珍品未遑仔细观赏或拍照，大有如入宝山目不暇接之感。然而仅从上面所列举的展品已可见其吉光片羽。而此行的主要目的之一是想在如此庞大精萃的国家博物馆中寻觅当年郑和航海所带来的瓷器究竟有哪些品类。可是除了前记的一件“明永乐青花夔花口大盘”不知来历外，只在西地亚文所著《印尼

元景德镇窑青花琛宝飞凤纹菱花口大盘
（印尼国立博物馆藏）

发现的古陶瓷器》一书内刊有一件“明永乐青花葡萄纹大盘”，注明是在苏门答腊发现的该馆藏品，其他一无所见。失望之余却看到不少晚明瓷器，特别是嘉靖、万历时期的官、民窑精品，例如上述“明嘉靖款青花龙纹大缸”与故宫藏品完全相同。它们的来源虽不明确，但也说明当时景德镇大量生产和外销的另一侧面。前面所记的50件历代瓷器中约有40%都属于嘉、万时期，而明末清初瓷器之多几乎占其全部展品的半数以上。这种情况的形成可能与东印度公司的成立和大量经销中国瓷品有一定的关系。其中有的纹饰如绘画鹰隼的两件青花大盘在国内就很少见过，而那几柜印尼出水、出土的瓷器残片更是值得认真探讨的宝贵资料。怀着如此流连忘返而又美中不足的观感，唯有寄希望于郑和足迹所至的三宝垄再作进一步地探索了。

唐越窑青釉印人物纹四系壶（印尼马利克博物馆藏）

印尼西爪哇出水宋元时期龙泉窑青瓷残器

三、雅加达历史博物馆（The Jakarta History Museum）

这是一座综合性的历史博物馆，馆址原为荷兰与日本统治印尼时期的办公大楼，门前尚保留17世纪的大炮数尊。楼内展室陈列有印尼古代陶瓷，如14—15世纪的陶塑婴孩、花鸟浮雕以及后期自制的陶瓷军持（五彩、单色釉）、葫芦瓶（五彩）、盖罐（青花）等，纹饰多仿自中国龙、凤、狮、牡丹、蕉叶，开光而稍有变化。尤其是现代制品，在造型、花纹釉色方面仍可明显看出模仿中国陶瓷器的痕迹。如“寿星老”除面庞稍瘦、衣饰朴素外，与中国瓷器几乎很难区分。而“葫芦瓶”的龙纹画法简练生动，“狮纽盖罐”的竹林仕女与莲瓣画法也与中国图案大同小异，这些均足以说明两国间在陶瓷文化方面存在的历史渊源相当深远。

馆中还陈列不少当地出土的中国古代外销瓷器和残片，如“唐长沙窑青釉褐彩贴花双系壶”与其他南方窑的“青釉四系单流壶”、“褐釉双系罐”以及大量宋、元、明时期的龙泉窑福建瓷器和明、清时期的景德镇窑青花瓷器残片。乃至德化窑的白瓷佛像、观音、老人与盖碗、盖盒等。结合上述文献与历史情况来看，该馆虽然面积不甚宽广，展览精品也不甚多，然而却能比较全面而且突出地反映中国与印尼在过去的友好往来迄今依然连绵不断。而同样的感受还出现在下面的海滨博物馆参观中。

四、海滨博物馆（The Maritime Museum）

地处雅加达海边的海滨博物馆，馆址在一海产市场的街道旁边，面积狭小，建筑陈旧，观众寥寥无几。但是它在历史上特别是古陶瓷贸易方面的重要性却不同一般，可以说此处陈列的展品并无完整器物，但每一残片都有其确凿可信的出土地点，并且反映了当时东南亚各国和欧洲陶器输入印尼的具休情况。因此颇为世界上研究古陶瓷的学者们所重视。例如:日本三上次男教授的《陶瓷贸易史研究》一书内有一篇题为《巴萨尔伊康遗址出土的贸易陶瓷》的记载，其中解释说:

巴萨尔伊康（Pasar Ikan）是雅加达湾西部沿海岸的一块地方。“巴萨尔”为部落名称，“伊康”是渔民之意。……在市街北部近海岸地区还可看到东印度公司本部的仓库建筑群。这些仓库附近运河中与周围地方常散有当年破损或废弃的陶瓷残片和种种遗物。1980年底曾组织考古发掘，出水出土的器物有石制建筑材料、金属器、玻璃器与大量的陶瓷器，均为16世纪末—17世纪初期以后之物。……这批陶瓷器可以分作印尼自制与外国制造的两大类，特别是有关东亚各国的贸易关系的重要资料。……以中国陶瓷而言，多为明代后期以下之物，而明代中期即16世纪中期以前者并未见到。其它各国陶瓷器也同样如此。

中国陶瓷器的数量格外之多。在上述总计2880件的输入陶瓷中约占65.5%，仅清代制品即占其大半，约有55%，而明代制品则远远不及，仅有10.4%。由此，可以推断东印度公司的活动时间是始自17世纪前期以后，即明末清初时期。……这些陶瓷残片多分在海事博物馆与国立博物馆收藏或陈列。

按其文中所说的“海事博物馆”即这座“海滨博物馆”的别名。结合破旧的木结构楼房建筑和陈列的明清陶瓷残片，以及上述的国立博物馆部分陶瓷残片看来，均与当时的历史情况相符合。有趣的是，根据三上的文章所记：“在其2880件输入陶瓷中，日本陶瓷占6.39%，而波斯陶瓷约占0.28%……根据过去所知是波斯在17世纪曾模仿中国青花瓷器而被欧洲各国当作‘中国陶瓷’对待的。但究竟是通过何种途径而卖出的问题则一向不甚明确。据此地的发掘结果看来，估计是波斯陶器先将一批运到雅加达，然后经荷兰商人乔装成‘中国陶瓷’再运去荷兰的。因为日本的‘有田’陶瓷器就是在17世纪中期最初输出时作为‘中国陶瓷’的一部分而乔装改扮过的缘故。因此波斯陶瓷也许是采取了同样的做法。”他的推论虽未必有绝对把握，然而由此可见17世纪的中国外销陶瓷品曾被一些国家如日本、波斯等陶瓷器所冒名顶替。这一点既说明当时商业竞争的尔虞我诈由来已久，同时也是中国陶瓷深受世界人民喜爱和重视的又一历史见证，并且是世界陶瓷贸易史上不应忽视的一页。从而该馆陈列展品的重要意义便不问可知了。

五、梭罗王宫博物馆（Royal Museum of Surakarta）

梭罗（Solo）又称为“苏拉卡尔塔”（Surakarta），位于印尼最大河流梭罗河畔，是印尼中爪哇省的著名城镇。城内有宽广的林荫大道和现代建筑，为印尼著名的文教中心和中爪哇省的音乐舞蹈与文学中心。由其地名发音推断，我国宋元文献中所说的“苏

宋青白釉雕狮执壶（印尼国立博物馆藏）

禄”似是指这一古国而言。至今该地最有名的仍是1745年建造的中爪哇苏苏胡南王宫，其末代国王尚住在王宫后院。王宫前部则辟作博物馆，公开展览过去所藏各种珍宝器物。建筑形式融东西方特征于一体，有些像北京故宫珍宝馆后院，建筑并不十分豪华，而陈列的金玉珠宝也较为一般。陈列礼品中只有个别中国唐、宋、元时期之物，其余多属近代欧洲及日本等国所赠。中国古陶瓷如唐代越窑碗、唐长沙窑青釉褐彩贴人物纹壶、唐广州西村窑白釉凤头壶、五代越窑刻莲瓣壶以及五代越窑瓜棱壶、邢窑白釉瓜棱碗等，数量虽然很少，但据说有些已被调去其他博物馆，由此也可想见当初中国输往印尼的瓷器品类之一斑。其中以长沙窑青釉褐彩贴人物纹壶的造型与纹饰最为别致，不仅附有双系，且人物形象不似汉族衣冠，可能专为外销而用，是当时长沙窑中比较罕见的一件珍品。

六、日惹王宫博物馆（Royal Museum of Yogykarta）

印尼中爪哇的日惹地区自古以来即是政治、经济的一个中心地区，迄今仍为印尼中南部特区。其首府亦名“日惹”，曾在印尼独立后一度成为中央政府的所在地。王宫前部现辟作博物馆，陈列过去各种礼品及日常陈设，而中国古陶瓷极少，只有几件越窑、长沙窑的壶、碗，并不甚精。建筑规模也稍逊于梭罗王宫，却以藻井雕饰富丽堂皇，大门门楣上留有日惹古代文字，门前面对的默拉皮火山而吸引许多观众。

日惹最有名的旅游胜地是附近的卡利乌朗周围地区的婆罗浮屠和巴兰班南附近古代寺庙，据说已有千年历史。其中最重要的佛教遗址如西北方的波罗布多（Borobudun）即婆罗浮屠，乃是公元9—10世纪的古建筑。闻其附近曾出土有广东窑的青瓷壶与湖南长沙窑瓷钵、水注之类，可惜无从得见。

车行半途中有一处小院，乃是小型展览馆。馆中陈列除多数石刻狮子及佛像外，只有两柜中国陶瓷器引人注目，其中较精者有:

1.唐白釉大罐一件

2.唐黑釉小罐一件

3.唐青釉四系罐一件

4.宋青釉划花碗一件

5.宋白釉碗一件

6.宋褐红地划白花纹盘一件

7.宋褐红地划白花纹小罐一件

8.宋龙泉窑划花纹盘一件

9.元青花绘梅花纹小罐一件

10.元青花绘莲瓣纹夔花口小碗一件

遗憾的是这几件文物的来源、出处与用途一无所知，只有匆匆拍照留待日后再作研讨。前引三上次男文内曾提及，这处“寺院遗址中出土有河南巩县窑白地绿彩瓷、越窑青瓷、长沙窑贴印花青瓷及黑釉白斑瓷等。其它如东北方的拉吐巴卡（Ratu Baka）官殿遗址内也发现有同样的长沙窑青瓷与黑釉白斑瓷片。在北方的默拉皮山东麓一遗址中还出土有长沙窑瓷钵，现仍在雅加达国立博物馆陈列。（根据该馆阿布、利德等人所示）”然而，在此次参观中并未见有上述各窑产品，却看到宋、元时期南北地方窑的几件器物，其中的“宋褐红地划白花纹盘”由纹饰和釉质而言颇似定窑产物，而“元青花绘莲瓣纹菱花口小碗”则似景德镇民窑产品。关于它们的来历究竟如何以及其特殊用途，据该文所记“另一印尼学者瓦胡诺（Wahyono）氏说‘在日惹发现的9—10世纪黄绿釉四系壶内还发现有放入小佛像的事例。’由此可见当时以日惹为中心的地方在9—10世纪是以中国陶瓷作为仪礼用品而使用的。但此等陶瓷器究竟是何处港口登陆而运至这一地区的尚属疑问。”“从这些中国陶瓷发现在宗教遗址与宫殿遗址内一事，可以想见是作为贵重的物品而在宗教仪式中或王宫使用的。”对此说法，结合我国南北各地塔基下也曾不断发现精美瓷器的事例来看，是有一定道理的。

七、三宝垄历史博物馆与三宝宫
（The Smalang History Museum & Sampokong）

三宝垄（Smalang亦作Semarang）是印尼爪哇岛中北岸的一座重要商港，位于三宝垄河畔，距爪哇海只有一哩之遥，过去又称“三马陇”（Samanrang）。提起此地每使我想起明初的“三宝太监”郑和的航海故事，因此下车伊始即去朝拜当地久负盛名的郑和庙三宝宫。由于屡经修缮，但觉华丽有余而古朴不足，只有殿外的古藤绕树犹如巨蟒盘缠，蔚为奇观，而院内用水泥制作的石船模型和殿中陈设的晚清瓷器则令人意趣索然。至于明初瓷器却一无所见，唯独供奉的一支大铁锚据说尚属当初郑和泛海来此使用的原物。殿堂背靠山麓而建，内有山洞门刻“三宝洞”，里面设龛供奉“三宝公”。由于香客不断而烟雾缭绕竟无法窥见庐山真面，只得拍照殿中塑像留为纪念而已。

三宝垄市立博物馆为一涵括全面的历史博物馆，早自原始社会的石器、陶器，旁及原始生物和地质矿物以及现代文明等，陈列内容十分广泛，建筑规模也相当可观。然而中国古陶瓷所占比例则微乎其微，而且精品不多。所见柜中展品仅有宋、元时期的龙泉窑青瓷碗、盘，明中晚期的花碗、盒与晚清民间常用的青花鱼纹大盘及花纹盖罐等数件。失望之余正值一班三宝垄大学历史系的师生来此作现场教学，我亦得馆长特许一道进入库房观赏其陶瓷藏品，但多因不辨时代、窑口而混合存放。限于时间，匆促中仅为之捡选出一些宋、元、明、清瓷器并将之分窑分期，建议另外保存。同时又为身边聚观的师生员工们作了简要的讲解，虽觉时间不长，然而印尼大学生们对中国古陶瓷的浓厚兴趣，以及那种求知若渴、依依不舍的神情，却留给我异常深刻的印象。

八、博物馆外的意外收获

从三宝垄历史博物馆辞别后顺路来到一家古蓝商店观赏，藉以了解民间收藏。店主人招待甚殷，自称酷爱中国文物而自学成才。只见楼上楼下陈设陶瓷、铜器、木器、油画相当丰富，内有一些精品如“唐长沙窑青釉褐彩壶”、五代越窑青釉壶、碗等，虽已经修复而釉色不凡。架上存放有明代民窑青花碗数件，其中一只

“明万历‘长命富贵’款青花碗”口微磕缺，原以低价售出后又买回居奇，可见其学愈精进，渐知铭文的历史价值。另有一件清咸同时期的“黑胎边饰双耳粉彩诗画开光大瓶”，瓶上诗句中有“年年花落复花开，今日人来人已老”，读来不禁思绪万千。临别时店主赠我一件出海的“元青白瓷碗”，上面粘附贝壳完好如初，与在雅加达国立博物馆所见一样模式，洵属难得的珍品，可惜未能问明确切的出水地点。仅据国外发表的文献得知“1981年在印尼爪哇中部北岸的托邦（Tubang）海域曾发现一沉船，内有元代青瓷、白瓷、青花瓷器等约四百件之多”。或许即是此类。

在三宝垄附近一处名叫“萨拉迪加”（Salatiga）的市镇，有所私立学校名为“萨迪亚瓦查那大学”（University of Satya Wacana），校舍建在丘陵地带，也是当地一处名胜。校园内树木郁郁葱葱，空气清新，显得格外幽静。现有学生五千余人，为一综合性的大学。曾特意前往参观校容，但见绿草如茵、红楼栉比，一派高等学府气象，仿佛回到了北大的未名湖畔而令人心旷神怡。漫步中偶然瞥见路边乱草间闪烁有青花瓷品数片，出于我平时到处捡拾瓷片的职业本能，急忙掇来细看，乃是清代民窑青花碗、盘残片。惊喜之下询问陪同的一名该校毕业生，方知建校时所用渣土多有移自他处者，终归不能脱离印尼境地。据说附近海滩一带多有瓷片堆积，因而另一陪同的青年见我如此喜爱瓷片，竟然在我们回到雅加达后寄来他特意去托邦海边拾得的一包瓷片，但只有一二类似者，其余多为现代印尼及荷兰瓷器残片，另在坊间所售家用花盆上有的即用白瓷片贴饰而成，其中个别在器形、釉质上颇似我国明清之物。这些现象均足以说明当年中国与印尼之间陶瓷贸易频繁与海运破损的程度。

综观上述各处所见的中国古陶瓷藏品，上自隋唐，下迄明清，包括青瓷、白瓷、唐三彩、青瓷褐绿彩、白瓷绿彩、白地黑花、青白瓷（影青）、青花、釉里红、珐花、五彩、斗彩、粉彩以及各种颜色釉如红、蓝、绿、褚、黄、黑釉等品种几乎应有尽有，自窑别而言则有邢窑、定窑、磁州窑、巩县窑、耀州窑、越窑、长沙窑、景德镇窑、吉州窑、建阳窑、德化窑、西村窑，乃至广东、福建等地方窑。举凡宋、元、明文献如《诸蕃志》《岛夷志略》及《瀛涯胜览》中所列输出品类的真实性不仅在此得到了具体印证，而且还看到某些未见历史记载的品物和出土、出水的瓷片。

特别是在山村市镇沿途所设瓷器店中经常见有印尼模仿中国青花、粉彩的瓷器，数量极多，颇为类似，足以说明其人民爱好之甚与中国陶瓷影响之深。若联系明人马欢《瀛涯胜览》所记爪哇“国人最喜中国青花瓷器”的史实看来，可谓古今一脉相承，且又加上清代出现的粉彩，则更是有增无已了。

然而，由于行程仓促仅在中爪哇与西爪哇一带浏览，毕竟所见有限，可惜苏门答腊与巴厘岛等地方均未能如愿前往一览实况。据说那里均有中国古代的陶瓷器，尤其是在南苏门答腊的巴邻旁（Palembang）、占碑（Jambi）以及西苏门答腊的明古鲁（Bengkulu）等地方，曾经发现过六朝时代后期和隋唐时期的浙江与华北的青瓷壶。如果传闻属实，则对于9—10世纪以前的我国外销陶瓷史的研究将提供十分重要的物证，而此项考察工作只有待于他日再争取机会补上这一课，或者寄希望于后来的学者而已。

意大利所藏中国古陶瓷考察记略

意大利是一个有悠久历史与文明的国家，在那里曾产生过举世闻名的“罗马文化”和许多文学、艺术大师，如但丁（1265—1321年）、米开朗基罗（1475—1564年）、提香（1490—1576年）等，他们的作品在世界文学、艺术史上影响深远。其中与我国关系至为密切的著名人物如利玛窦（1552—1610年）、郎世宁（1688—1766年）等，对于我国明、清两代的天文学、几何学、建筑、绘画诸方面均作出过很大的贡献。尤其是马可·波罗（1254—1324年），他的笔记对于中国陶瓷史的研究具有相当重要的作用。然而，由于中国学者对意大利所藏中国古陶瓷器的具体情况缺乏足够的了解，似乎难以讲清两国关于陶瓷艺术交流的历史。笔者曾于1998年春应邀赴帕尔玛、米兰、佩萨罗、都灵、威尼斯、热那亚、佛罗伦萨、罗马等地参观讲学，并就各地博物馆所藏中国古陶瓷作了比较详细的鉴赏和考察。有幸得见一些国内罕见的珍品和文献中有关的物证，印象殊深。现按行程先后及其藏品多寡分别简述于后，聊备研究者参考。

一、帕尔玛中国艺术博物馆

帕尔玛（Parma）位于意大利西北方，是与米兰、威尼斯呈三角地带的一座中等城市。座落在萨韦里奥会的中国艺术博物馆建于1901年，为专门介绍几千年中国文化的著名博物馆之一。所藏中国陶瓷文物，上自原始社会彩陶，汉魏六朝陶瓷器，唐代越窑青瓷、邢窑白瓷、三彩陶器，宋元时期定窑、磁州窑、钧窑、景德镇窑、龙泉窑等白瓷、青瓷、影青瓷器，下迄辽、金、西夏陶瓷及明、清两代的青花、五彩、斗彩、粉彩、珐花、琉璃和各种颜色釉瓷器，几乎应有尽有。其中不乏精品，有的甚至在国内也未曾见过，兹仅就记忆犹新者介绍数种如下：

1.半山文化彩陶双耳罐

半山文化彩陶是因最初在甘肃和政县半山墓地被发现而得名，以侈口短颈椭圆腹双耳罐较为常见。所用漩涡纹、锯齿纹与四大圈连续纹也是惯用的典型纹饰。此两件陶器在该馆藏品中时代最早，而且是突出的陈列。据《藏品简介》称：“可以看到在1921—1924年间，由工程师安德生（G.J.Andersson）发现于半山（中国西北部）的两个公元前3000年末期的大陶罐。那时的中国陶艺匠们已经使用转台工作，并有成熟的绘制手艺。随后，继粗陶之后他们发明了瓷器（8世纪）——中国贡献给世界的无价之宝。”从这一段记叙看来，虽然在“轮制”的使用与瓷器的发明时期上均有迟误，并已为之提出修正，但是作为一处远在欧洲的“中国艺术博物馆”能收藏有如此大型完美的两件彩陶，而且认为“中国发明了瓷器”并且是“贡献给世界的无价之宝”，这一肯定的论点和光荣评价是值得欣赏和重视的。

2.东汉“建安五年”铭龟形陶砚滴

汉代陶制明器素以形态逼真、品类丰富多样见称于世。在许多传世或出土的陶狗、陶马、陶猪、陶牛、陶鸭、陶鸡等家畜、家禽的雕塑中，不仅可以体现出当时制陶工匠们的技术水平，还生动再现了古代动物的生态形象——为畜种进化的研究工作提供了宝贵的资料。此件龟形砚滴造型生动。器背塑蛇一条，华美别致，寓意吉祥。并铭有东汉“建安五年周三造”（公元200年）年款，可为断代的佐证。铭文书体与同时期的碑刻以及汉代砖瓦刻铭的字体如出一辙，而且标有姓名尤为可贵，堪称赏心悦目、鉴古蒐奇的海外遗珍。

3.唐定窑白釉碗

唐代定窑白瓷器同邢窑一样，在当时已向北非及中东、东南亚国家输出。如埃及的福斯塔特（Fostat）、伊拉克的萨麻拉（Samarra）、日本京都等古遗址内均曾发现有定窑、邢窑的唐代白瓷器或残片。而今在意大利出现这件完整的“唐定窑白瓷碗”，虽属个别之例且不明其来源，但是如此完好之物即使在国内也不多见。关于定窑与邢窑唐代白瓷的区别，依个人管见，除两者在胎釉方面有所不同外，还在于前者底足凹心直径略小于后者，而且底部切削多不规整、挂釉亦不到足墙。其中较细白瓷虽然均无龟

清外销康熙五彩花卉纹盘（意大利佩萨罗博物馆藏）

裂釉的缺点，但如细看定窑白瓷釉层较薄或有不匀与粗涩之感，与邢窑白瓷相比之下显然滋润不足，聚釉现象也较为严重①。

4.唐三彩唾盂

唐三彩陶器除一部分用作殉葬“明器”外，也有不少是日用器皿，如灯、罐、壶、盂、盘、碗之类。而且当时即已远销海外，并有所谓“埃及三彩”、“波斯三彩”、“奈良三彩”等仿制名品著称于世。此盂彩色鲜艳、造型端整，与另外两件三彩罐与三彩瓶（釉虽斑驳且有细密开片）足以表现其富丽堂皇的美感。同时可见它们曾对中外文化交流作出过贡献。

5.宋景德镇窑青白釉碗

青白（影青）瓷具备胎质洁白缜密、不吸水与半透明的高标准，是我国宋元以来出口陶瓷的主要品种之一。常见于东南亚国家博物馆中，在此馆藏品内属仅见之物。此件葵瓣口折腰碗不仅造型端整秀美，而且胎体轻薄，釉质青润，底足留有褐色斑痕，乃是典型的宋代景德镇窑制品。

6.西夏黑釉剔划花纹瓶

西夏陶瓷器造型稳重，胎体厚实而釉层较薄，花纹简练，此为一般常见的共同特征。此瓶釉色黑亮，开光中剔划折枝牡丹，口部及肩部一圈无釉，乃是对口扣烧的工艺留下的痕迹，具有西夏制器的特点。海外藏瓷中如此富有少数民族特色的器物亦十分罕见。

7.元龙泉窑刻双凤纹青釉大盘

元龙泉窑青瓷釉色虽不逮宋代粉青、梅子青之美，然而在工艺方面也有某些改进。如大盘、大瓶、大壶的形制之巨前所未见，而且普遍应用花纹装饰，是当时大量外销瓷器中的主要品种。此盘虽然施釉较薄、光泽磨损，但双凤纹生动清晰，不同于习见的花卉纹饰，颇值得重视。

8.明永乐青花人物纹碗

明初青花瓷器以永乐、宣德时期的作品为代表，青花色泽浓艳、仿佛透入胎骨，往往出现湮散现象和黑褐色斑点，格外显得幽青雅致、妙造自然，很像水墨画一样别有风趣。因而历来为中外人士所喜爱，誉为青花典范。由于当时使用一种名为“苏麻离青”（Smalt）的价格昂贵的舶来原料，传世甚少。故此在国内外各大博物馆一向视为珍品。此碗里心绘三人奕棋，周围绘松竹梅纹，边饰点线纹一圈，碗外绘缠枝莲与莲瓣纹各一周。均为永乐时期惯用的纹样，且具有上述的青花特征。尤其是双层器壁，底足有一孔可以注入热水保持温度，即俗称“诸葛碗”。如此造型在明初圆器中颇为罕见，洵为海外遗珍中的稀有之物。

9.明磁州窑型白地绘黑褐花云雁纹罐

磁州窑一向以民间窑表率闻名于世，千余年来为各地所仿制而盛烧不衰。其中白地绘黑花型瓷器到了明代制作普遍趋于粗率，白釉发黄，黑色发褐，虽不及宋金时期精美，然而民间绘画的质朴粗犷风格仍旧沿袭未失。此罐以简练生动的笔法描绘出云雁飞翔的动态而形成团花一样的图案，构思奇妙、别树一帜，与后世出现的“团鹤纹”相比，显得格外生意盎然。据知，此器在欧洲展出时，赞誉有加，足见其美观动人。

10.清德化窑白瓷犀角杯及观音像

清代德化白瓷承续明代盛誉，依然以釉似凝脂、温润如玉著称于世，并且大量输出国外，曾有“中国白”（Blanc de China）的美称。清代一度风行仿犀角杯，据德化县《龙井苏氏族谱》记载，直到清末所烧的“梅花杯”（按即犀角杯上印有梅花纹者）还曾获得国际的好评。由于德化白瓷瓷质脆弱容易破损，虽然胎釉洁白但不切实用，因此传世品以瓶、炉、杯、盏、塑像等居多。该馆藏品亦不例外。

总之，该馆藏品异常丰富，陶瓷器除上面所举精品外，尚有汉代彩绘陶盒、灰陶犬、鸡等小雕塑，以及宋定窑刻花白瓷钵、耀州窑刻花青瓷碗、龙泉窑青瓷鼓式炉，元钧窑型紫斑青瓷盘、景德镇窑枢府釉印花大碗，明山西窑琉璃雕贴花双耳大炉，清景德镇窑仿哥釉大瓶、青花釉里红雕贴荷花白鹭纹大瓶、粉彩加金绘人物纹大瓶乃至各色釉瓶、碗和五彩花鸟纹罐、人物雕像等，于中国历代瓷器几乎应有尽有，而且能自成体系。此外，该馆还藏有中国商周青铜器、近代绘画、织绣、牙雕、服饰及各类民间工艺品等，与其馆名“中国艺术”名实相符。尤其是应邀在该馆所作《中国古陶瓷与书法艺术》的专题讲座，引起许多西方听众对中国文化的关注和兴趣，更使我难以忘怀。

元龙泉窑印花青瓷大盘残片（意大利威尼斯海底发现）

二、米兰国际文物展览中心

米兰（Milano）早自公元292年起即已成为西罗马帝国的一个居住地，罗马时期形成繁华的贸易中心。而今它是拥有30个城市250余万人口的大都市，并且是世界闻名的国际商业中心之一。尤其值得重视的是，清初曾到我国传授西洋画法的郎世宁就出生在那里。他于1715年（清康熙五十四年）来北京成为宫廷画家，不仅在我国近代绘画史上产生过很大的影响，而且还参与过修建圆明园的工事，对于当时御用瓷器的绘画也有所影响。今日目睹他的故乡所产陶瓷器，在纹饰上依稀可以窥见他在两国文化交流中所起的作用。

另在当地一处教会中心展览室内也曾看到一些中国古代陶瓷器，例如宋影青瓷碗、清康熙时期福建德化窑所产青花瓷器，以及晚清时期景德镇窑粉彩杯、碗、大瓶等。虽不甚精彩，然略可见藏品之一斑。

在当时举办的“国际文物展览”会场上看到不少中国古代文物。其中如汉代彩绘陶马及女陶俑，唐三彩仕女俑、镇墓兽以及西藏小佛像等，颇有新奇之品[②]。据说米兰地方学术讲演甚多，而中国学者来此讲述古陶瓷者此为首次，听众多至二三百人，且多具有一定的研究水平，亦属罕见云。由于连日演讲、座谈《中国陶瓷简史》，十分疲惫，而行色匆匆未能仔细鉴赏，遗憾之余，次日即返回帕尔玛转赴佩萨罗。

三、佩萨罗市立博物馆

佩萨罗（Pesaro）是一座有名的古城，座落在福利亚河谷，面向亚德里亚海，公元前184年即已处于罗马人的势力范围内。1861年正式划入意大利王国的版图。传统工艺有马略尔陶器和制陶工业。这座市立博物馆是以收藏陶瓷器和绘画精品而闻名于世。此外，还有专门陈列古代文化的奥利维里安尼博物馆。两处博物馆陈列的陶瓷器各有侧重，前者专题陈列中国清代初期外销瓷器，颇多珍品。后者则以原始社会及罗马文化、希腊文化直到18世纪的艺术雕刻和陶器为主。参观所见市立博物馆清代展品中以康熙、雍正、乾隆三朝外销的五彩、粉彩瓷器居多，并有当地仿制的瓷器。拍照数帧，以见当时中国外贸陶瓷之盛及其影响之深远。此类陶瓷笔者1991年去伦敦大英博物馆时也见过不少，但仅为内部参观，并未作专题正式展出。而在此具有传统制陶历史之地能看到如此众多的精品陈列，精神为之陡健。特别是在我下榻的旅馆内见到一件当地所制“洋彩”绘画风景大瓶，形制巨大，光彩照人，无论釉彩、造型均似北京故宫的清代礼品藏瓷。联想许之衡《饮流斋说瓷》所谓，“雍、乾之间洋瓷逐渐流入，且有泰西人士如郎世宁供奉内廷，故雍、乾两代有以本国器皿摹仿洋瓷花彩者，是曰

‘洋彩’”。另据黄裔《瓷史》“乾隆窑”项内记载，“又称康熙时已尝聘法人、意人专司御窑绘事，但所作不常采用，则‘洋瓷’又不始于乾隆也”。结合该馆展品及此大瓶看来，则两国间制瓷工艺的交流迄今至少已有将近400年的历史，影响所及，各有千秋。加之在此留有深刻印象，因而对前人所记深信不疑。在演讲《中国青花瓷器》过程中，结合该馆展品又就“五彩”、“粉彩”问题加以补述。出席约五六十人，多为中老年陶瓷爱好者，提问水平不同一般，足见对中国古陶瓷了解与爱好之笃实。

四、都灵王宫

都灵（Torino）原是意大利王国的首都，拥有大量的名胜古迹和历史建筑。最著名的中世纪的马达马王宫是建于13—14世纪的城堡，王宫藏瓷中有不少是我国明清时期的制品。由于时间安排所限，未能亲往参观，因主要是应都灵大学之邀为东方学系作《明清时期陶瓷概述》的演讲。教师斯德妮娅（Ms.Stefania）毕业于北京大学历史系，精通中文，赠予《都灵王宫藏瓷》一册，得以详细阅读，仅择其中精品数件分列如下：

1.明万历青花花卉纹大盘

明代瓷器不仅远销亚、非各国而且在嘉靖、万历时期以后还曾大量输往欧洲，如在一些国外文献有具体的记载，在最近大西洋荷兰沉船白狮号出水的明代青花瓷器中也有实物明证[③]。其中有些景德镇民窑青花瓷器除主题纹饰外，边饰图案别致，多根据欧洲订购的需要分格绘画，花卉、器物别出心裁。西方通称这类外销瓷器为“赛可珞”（Secolo），日本则称作“芙蓉手”，在明末清初时期国内外瓷器中独树一帜，迄今仍时有所见，不乏精品。该馆收藏数件，说明当时也有输往意大利的同样瓷器。

2.清康熙五彩仕女像

清代初期五彩瓷器以康熙制品最为出色，别称“古彩”或“硬彩”。在继承晚明五彩的基础上除已有的白地五彩、黄地五彩、绿地五彩之外，还增添了黑地五彩、珊瑚地五彩、米色地五彩以及豆青地五彩等新品种。因此陈浏《陶雅》曾评论“康彩恢奇”，许之衡《说瓷》也推崇说，“硬彩、青花均以康熙为极轨”。五彩当时在国内广为流行，也是外销品种之一，今日海外博物馆多有藏品。这两件瓷塑像，造型生动优美，彩色艳丽幽倩，虽手指略有伤残，器座稍有磕缺，然而如此完美高大（通高70厘米）的瓷塑人物，国外颇不多见。

3.清康熙五彩花鸟纹八方盘

清初至中期中国瓷器在欧洲已有广大市场，而以粉彩瓷为大宗。康熙时期，粉彩初露头角但尚未成熟，仍以五彩为主要品种。盘、碗传世品中多为圆形器皿，而八方盘较为罕见。至于画工精妙、彩色明艳，昔人早有定评。该馆保存如此完整而且成套之物尤属难得。

4.清初青花人物、花鸟纹菱花口盘

青花瓷器发展到清初顺治时期，无论釉色、纹饰基本上仍沿袭明末旧制。康熙时期方见突飞猛进，不仅色调鲜明，而且层次多变，给人以清新愉快之感。此二盘在造型及花纹如山石、芭蕉、松竹梅乃至边饰分格画法等方面尚有明代余韵，且仍保留有绛色口边的特征。虽青花色调青翠淡雅宜人且使用“分水”画法，然而层次尚欠分明清晰，当为顺治或康熙初期之物。

5.清粉彩送子观音像

该馆收藏有不少清代德化窑白瓷观音、佛像、狮子及梅花杯，而景德镇窑观音像仅此一件（通高17厘米）。虽然手足伤残而彩色光艳如新，细审其山石、花卉及衣纹装饰十分细致，愈觉得光彩照人，栩栩如生，堪称18世纪输出瓷塑之佳作。

此外，尚有记录注明为1723—1735、1725—1740、1741—1750、1750—1770、1736—1795相当于雍正、乾隆时期的中国外销瓷粉彩大盘、大瓶、大罐等多件，以及数件类似上述“万历青花花鸟纹大盘”的晚明青花大盘（直径28.5—49.5厘米）。这些与前者在印尼博物馆中所见明代输往东南亚的外销瓷器并无明显不同[④]，当是同时生产的精美制品。

五、威尼斯“黄金屋”博物馆

世界闻名的水乡历史名城威尼斯（Venezia）座落在威尼斯泻湖的118个小岛，它早在5、6世纪就是地中海通往东方航运的重要贸易中心，到15世纪时达到极盛阶段。这里有许多博物馆，其中包括考古博物馆、研究院美术馆、航海史博物馆、18世纪威尼斯博物馆等。值得一提的是，与我国陶瓷史有关的意大利旅行家马可·波罗就是出生在该地。

在该馆参观中发现有一展出的元龙泉窑青釉大盘残片乃是威尼斯海中出水之物。不禁使我联想起一段脍炙人口的历史故事。传说马可·波罗曾于1275年5月到过元上都（今内蒙古多伦县西北），得到元世祖忽必烈的信任，仕元17年，历游新疆、甘肃、内蒙、山西、陕西、四川、云南、山东、浙江、福建及北京等地，于1292年返回威尼斯。在威尼斯与热那亚战争中被俘，据说是在狱中口述《东方见闻》，由同狱的鲁思悌谦（Rusticiano）笔记而成《马可·波罗游记》[⑤]。然而，最近在英国有人提出异议，认为他并未到过中国，似乎尚有待作进一步的考证。在众说纷纭的议论中，面对这件当地出水的元代龙泉窑青瓷大盘残器，加之当地尚有一“马可·波罗研究会”的组织存在，而且其中成员法比欧（Fabio,Orlandi）先生还赠予据说是马可·波罗的雕像照片一幅。由此种种迹象看来，不能不使我相信确有其人其事。此外，还有一片在当地出水的明代中期（弘治—正德）的青花瓷片也同样出自当地海中。两者加以印证可以说明，至少在元、明时期威尼斯的海外贸易已经扩展至我国南方沿海一带，因而龙泉窑、景德镇窑等当时外销名瓷也同样出现在此地。而被认为是旅行家或商人的马可·波罗自然也会随船来到我国，这是可想而知且久已为多数人们所公认的史实了。

威尼斯不仅有许多著名的历史古建筑和悠久的传统文化，而且学风很盛。在我作《中国明代陶瓷》演讲时，到会听众约六七十人，多为中老年陶瓷爱好者与威尼斯大学学生。有的学生主动担任放映幻灯和服务工作，有的老人激动地说：“多年爱好中国古陶瓷而今日印象最深，从未听过如此全面的讲演而获得许多有益的知识。”不少人散会后犹自依依不舍。而今已有两名威尼斯大学毕业生特意来华留学。我国古陶瓷感人之深于此也可见一斑。

六、热那亚乔索尼博物馆

热那亚（Genova）也是一座历史名城，原处在萨札那山上，以后逐步扩展，直到19世纪发展为具有一定规模的城市，它是利古利亚的首府。当地有无数历史古迹和艺术珍品。

乔索尼博物馆是以乔索尼（Chiossone）生前蒐集的东方艺术品为主体，绝大部分是日本文物，而中国古陶瓷数量有限且多为清末民初时期之物。其中印象最深的是一件清宜兴窑“葛明祥制”款仿钧釉瓶。葛明祥、葛源祥兄弟二人乃清代名工，曾见于文献而传世作品并不多见，海外观之备感欣幸。承馆长菲拉

明永乐青花人物纹暖碗（意大利帕尔玛中国艺术博物馆藏）

（D.Failla）女士赠送自著《馆藏东方文物图录》一册，内有明初剔红漆器如盘、盒、小箱等数件，古雅脱俗，可惜未见有明代藏瓷。而行色匆匆，次日即踏上归程赶去佛罗伦萨。

七、佛罗伦萨比迪博物馆

佛罗伦萨（Firenze）是一座闻名已久的文化艺术古城，它曾经成为欧洲文艺复兴时期最重要的文化中心。18世纪中期它还一度是意大利王国的首都，因而有许多博物馆，收藏着西方美术史上大名鼎鼎的提香、拉斐尔、达·芬奇、米开朗基罗等人的绘画与雕刻原作。这里也是伟大诗人但丁（1265—1321年）和雕刻、绘画、建筑大师米开朗基罗（1475—1564年）的故乡。由于我自青年时代起就对他们的作品异常崇爱，因此在驱车赴罗马途中绕道来此地观光半日。在当地留学的郭元平君陪同我走马看花地寻访了但丁故居，同时也参观了一处藏有中国古陶瓷的博物馆。所见元龙泉窑青釉大瓶2件、大盘1件，明中期景德镇窑青花大瓶1件，皆属珍品，可与上述威尼斯出海的瓷器残片相对照，又增加一些历史的旁证。其余多为清代外销瓷器与越南、日本模仿中国陶瓷的作品。

八、罗马市东方艺术博物馆

罗马（Roma）由于其特殊的地位，早自15世纪即已随着城市的繁荣聚集了众多的杰出艺术家，产生了闻名世界的绘画和建筑作品。而收藏中国古陶瓷的地方则以罗马东方艺术博物馆为最多且精。在该馆作过《宋代名窑瓷器》的演讲后参观其陈列文物，主要有中国古陶瓷精品数件印象最深：

1.汉青瓷壶及陶塑小动物

2.唐三彩陶俑

3.元龙泉窑青瓷大盘

4.明永乐青花大盘

5.明正统、景泰时期青花碗

6.明万历青花莲荷花鸟及鹿纹盘

由于当日下午尚需在罗马神学院（Pontificia Universit à Gregoriana, Roma）讲演《明清陶瓷》，故未能就其个别展品年代问题充分交换意见而匆匆离去。第二天又去罗马（智慧）大学（Universit à La Sapienza, Rorna）讲演同一课题，不意与爱好古陶瓷的侨胞相会，能在海外学府中共同研讨祖国文化，颇有“他乡遇故知”之感。

综观上述各地博物馆藏品，各有所长，且均具有一定的参考和研究价值。但此行只在意大利中、北部一带参观，未能尽窥全豹。据知南部地方的那波利（Napoli）博物馆尚有不少元、明、清时期的陶瓷藏品。其中如元景德镇窑青花凤纹盖瓶造型别致，不同一般，明嘉靖景德镇窑青花缠枝莲纹执壶与清康熙景德镇窑青花博古图冰冽梅花纹罐等均为具有典型时代特征的佳作[6]。可惜未及亲见，他日有缘尚需争取把手一观，或有待于后之来者。令人不解的是，唯独在曾作半日观赏的梵蒂冈博物馆内却未见到一件中国古陶瓷器，仅从其展出的埃及文化遗物中依稀看到青花瓷器尚有一些与中国元明青花相似的余痕而已。

注释：

① 叶喆民:《唐代北方白瓷与刑窑》,日本贸易研究会编《贸易陶瓷研究》第7号，1987年版。

② Antiquariato Internazionale, Milano, 1998.

③ T.Volker Porcelain and the Dutch East India Company 1954. [日] 小林市太郎:《中国陶瓷闻见录》;《参考消息》1978年1月12日。

④ 叶喆民：《印尼所藏中国古陶瓷考察记略》，《故宫博物院院刊》1997年第4期。

⑤ 《辞海》，上海辞书出版社，1974年版。

⑥ Caterina Catalogo Della Porcellana Chiese di Tipo Bianco e Blu 1986.

辑三　诗稿拾遗

题《同音字典》（1998）

朝夕相伴四十年，助我求知岂等闲？
虽已破残如败叶，犹能汲取似甘泉。
咨询索问随心意，解惑决疑顷刻间。
有此何须学电脑？只惜不见谱新篇。

无题二首（2002）

其一

老去诗思尽，春来睡意长。
应酬书短句，回忆写文章。
好友多星散，新朋少交往。
偶然逢故旧，相对话炎凉。

其二

老来亲友日凋零，每叹浮生虚度频。
访旧常闻多去世，投书久盼少回声。
音容笑语虽犹在，壮志豪情却已空。
处世由来若大梦，人间何事可从容。

夜梦（1966）

七月十三日夜梦至高公家中，公患足疾，余为指点足三里穴位。彭秋在旁似为护士，与余情义缱绻。主仆咸以“姑老爷”

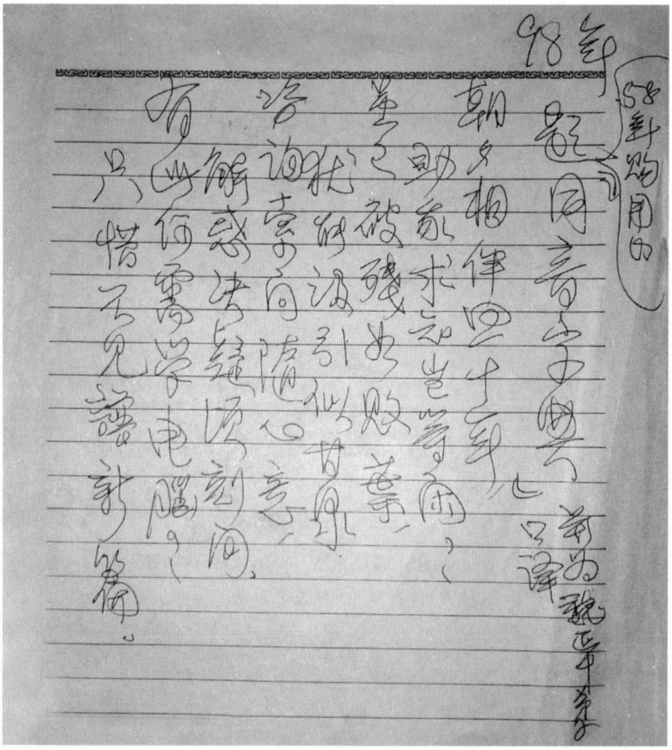

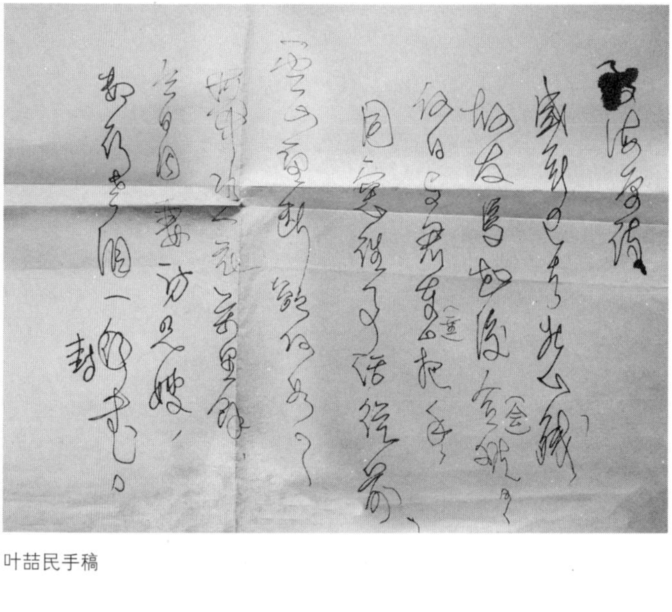

叶喆民手稿

相许，倏忽别去，执手依依不舍。醒来回味，神往不已，因成绝句，聊为纪念。时乃余寿辰前五日也。

昨夜得奇梦，重续美姻缘。
依稀如往事，四十六年前。

主仆称姑爷，秋女情无限。
梦里做夫妻，醒来犹眷恋。

忽然半世纪，竟入老人班。
或在天一角，或已赴黄泉？

嗟乎人间世，悠悠数十年。
朝夕等闲日，总为名利牵。

故友成陌路，新朋似逝川。
想尽浮生理，还同梦寐间。

补记：偶翻《寒山拾得诗集》内夹旧作一首，似是1966年岁时梦境。

仿白香山诗律

1960年前后困难时期，仿白香山诗律。白居易原诗为：“人人避暑走如狂，独有禅师不出房。非是禅房无热到，但能心静即身凉。”

人人争购走如狂，唯有书生不出房。
可是斋堂无欲念？但能心定自然强。

三月六日偶成（2003）

3月6日起夜后忽思数句，疾书之，晨起续成诗。

不曾投笔从戎去，亦未经商发大财。
未肯卖身投所靠，焉能讨得高官阶。
反顾蛇神牛鬼类，到头争取骂名来。
讵知大数忽然到，云散烟消剩骨灰。

暮年偶感

2003年偶感兄弟姐妹日渐稀少，自觉孤苦而作。

迩来骨肉易凋残，七轶益兄赴九泉。
英姊八旬驾鹤去，六十云妹葬四川。
生兄久病乏人侍，成弟卧床已二年。
反顾自身犹健步，八旬幸得天见怜。

补记：成诗不久，人世无常，家门不幸，成弟竟于2004年春遽然逝世。2007年秋，蓉妹又撒手人寰。同胞弟妹使我悲痛欲绝，精神恍惚，万念俱灰，自觉来日无多，体质亦感日渐衰落。迩来益感疲惫，懒于捉笔或咏诗，手边仅有杜诗咏哭句数首聊以抒情。《哀江头》："人生有情泪沾臆，江水江花岂终极？"

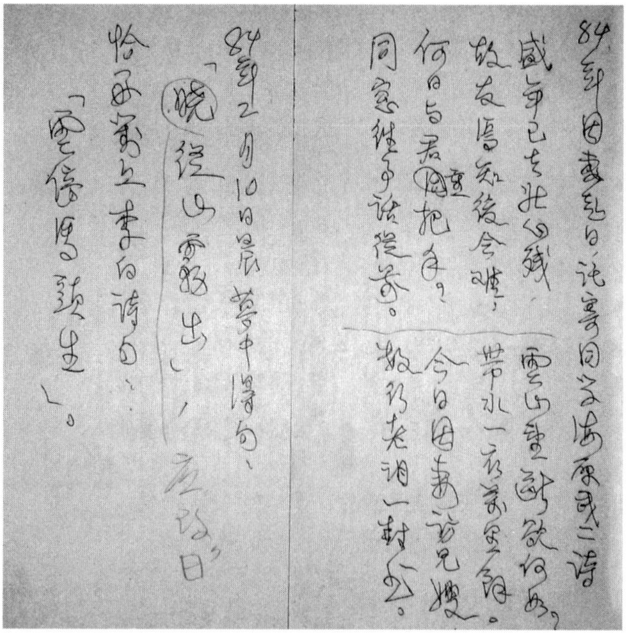

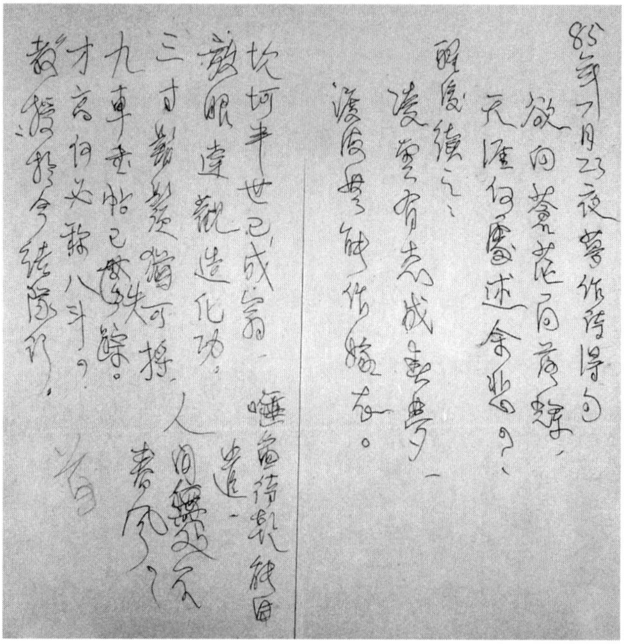

叶喆民手稿

《彭衙行》："白水暮东流，青山犹哭声。莫自使眼枯，收汝泪纵横。"《天边行》："天边老人归未得，日暮东临大江哭。"《玉华宫》："忧来藉草坐,浩歌泪盈把。"

春日偶成

2008年春感冒经月，蜇坐无聊常忆往事。梦中频见亲人，偶成一诗。

八旬虽过喜中忧，弟妹双亡苦寂寞。
好景不长当自省，因知岁月已无多。

咏定州古树

余自幼悲观阅世，大学时期最喜陶渊明诗与《古诗十九首》等名句。十九岁作诗自比纳兰性德，妄成"叶赫纳兰后,成德第二人……欲弃浊世去，犹恋父母恩"。中年遭遇坎坷，又逢浩劫，最爱杜子美、白香山、陆放翁、邵康节等先辈晚年旷达之作，同时喜画松柏古树苍劲挺拔之姿。常以自况，聊以抒情，略得欣慰而已。1985年5月20日，第四次去河北定州考察定窑时，曾对文化馆院中古槐树（传为苏东坡手植者）与附近一株北魏遗留之银杏树（传说已有1600年）偶有所感。

古木依然在，斯文已不存。
沧桑多少事，阅尽一千春。
名士成泥土，枯枝变巨人。
人生能几日？回首百年春。

清华大学老年大学志庆（2001）

槎枒老树展新姿，晚岁余间学未迟。
最爱苍松和翠柏，万年犹有傲霜枝。

题漓江山水

昔日两游桂林，印象殊深。而中年画此，老来题诗，神往而已。时在两千零一年春，虚度七十有七矣。

往时游历半中华，长忆桂林风景佳。
但苦自身无妙手，聊为泼墨散夕霞。
行云岭外千重树，流水岸边一两家。
白日看山听夜雨，泛舟明月宿芦花。

补记：此诗包括日月、风云、山水、林树、昼夜、晴雨等大自然景象，题于廿年前画“漓江水墨图”，曾在同年清华大学美术学院内部展览。参考唐太宗诗句“寒野凝朝雾，霜天散夕霞”；高启诗句“闻有山水嘉”；钱起诗句“横云岭外千重树，流水声中一两家”；杜牧诗句“松风半夜雨”；陆游诗句“暖炉听寒雨”；谢宗可诗句“秋江难认宿芦花”。

1999年元月游天坛偶成

天坛闲步踏松枝，三九隆冬午睡迟。
傍晚名园游客少，黄昏余乐老人知。

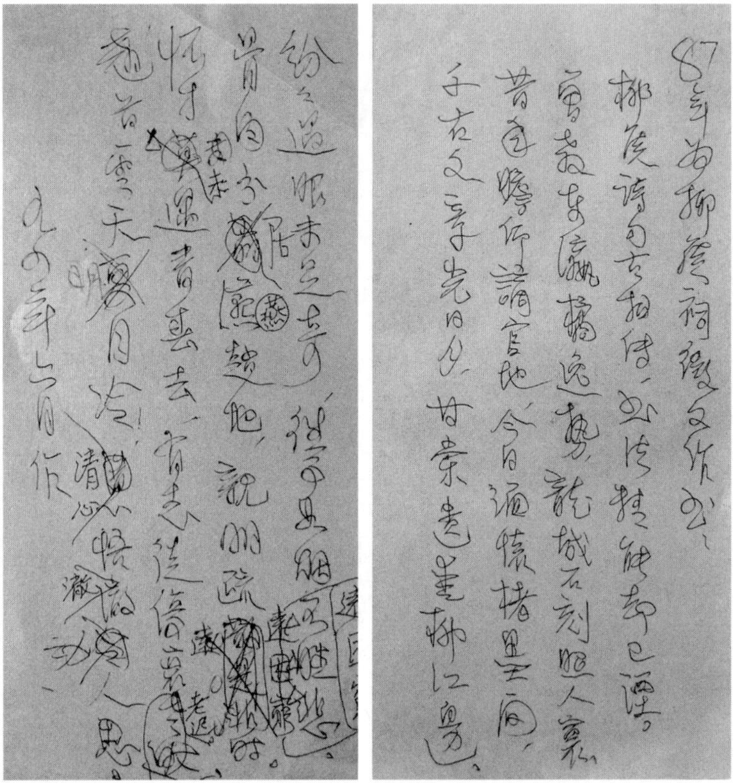

叶喆民手稿

夕阳残照暖和气，初月方升冷静时。

头脑清新惟此刻，思如潮涌每成诗。

下放偶书

1958年下放，初次作诗，得先父夸奖。

远村烟树里，近水朝露中。

时见云开处，数峰擎碧空。

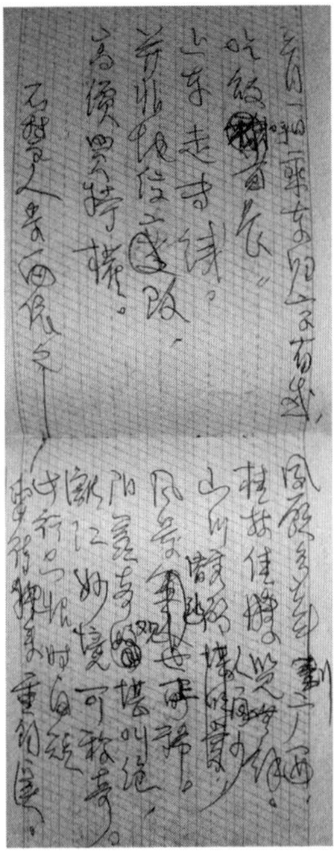

叶喆民手稿

杂感

1984年前后，成弟任六届人大代表期间，见其无手表。北京饭店有厨师三人出国讲课，时余职称久悬未定，夜不成寐，忽成诗："代表没带表，厨师成讲师。演员当教授，徒弟变秃爹。"末句因故宫修理厂老技工"文革"期间牢骚语也。后偶读杜诗《太子张舍人遗织成褥段》诗句："掌握有权柄，衣马自肥轻"，又作修改。

演员当教授，厨子会讲学。
先生成后进，学者作官爷。
男子留坤发，女流骂大街。
流氓充好汉，徒弟变秃爹。

招工榜有感

宿舍大门贴有"招工榜"，众人围观抄写认真，不禁有感，一路行来得句。

招工榜似招贤榜，待业青年枉自多。
伯乐伯牙安可见，子期良骥两如何。

注：三四句引余伯牙、钟子期以琴会友，以及伯乐相马两故事。

闻北京农业大学更名有感（1997）

北京改中国，气壮声喧赫。
三校联合日，依稀事如昨。
校舍屡迁徙，师生似转陀。
众多名教授，死走成迁客。
余下贤达士，老衰众守拙。
惜我曾留此，青春虚度过。
中文教夜校，外语作零活。
书法写标语，京剧施粉墨。
终于欢送会，始悟当初错。
回首望前尘，不觉感慨多。

遣怀

约在1990年前后，为报“博导”过时，且宿舍楼住房狭小，久拖无结果，有感而作。

坎坷半世已成翁，放眼达观造化功。
三寸胡须犹可捋，九车书帖已失踪。
才高何必称八斗，教授而今结队行。
唾面待干能自遗，人间无处不春风。

注：其中二、七、八句借用先师与先父酬唱诗，乃50年代初所作，不意四十年后依然如此也。

致农业大学杨滔函内新作

2003年3月27日致农业大学杨滔函内新作，函内录有白香山诗云：“耳里声闻新将相，眼前失尽故交亲。尊荣富寿难兼得，闲坐思量最要身。”

八秩身独健，耄耋志未残。
坎坷过半世，幸有上天怜。
每年深体会，知识最为贤。
荣辱无常见，是非反复现。
先贤曾教诲，美意可延年。

注：韩愈诗云：“人生处万类，知识最为贤。”《荀子·致仕篇》云：“得众动天，美意延年。”杨倞注曰：“美意，乐意也。无尤患，则延年也。”

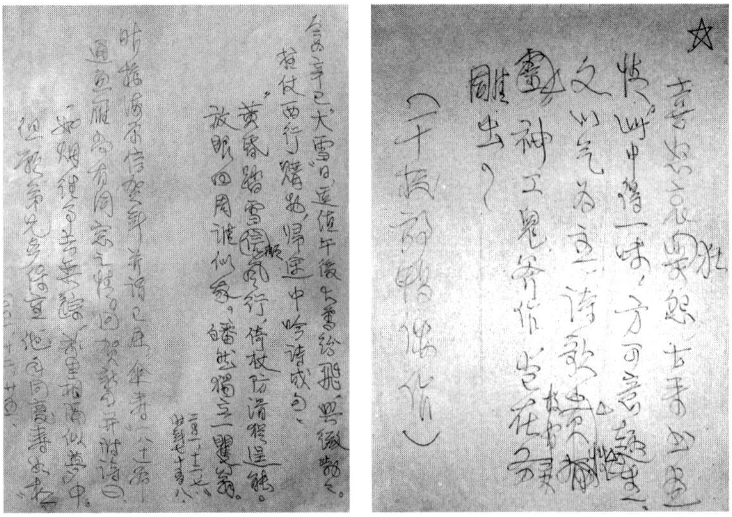

叶喆民手稿

一别农大四十春，今日归来感益深。
喜见良朋都健在，共同话旧慰平生。
曾教夜校十三载，回首前尘似不真。
却记眼前奇怪事，悄然怅望甕山频。

补记：而今杨已82岁，而去年忽以脑出血凝栓眼底，致残半盲，此函恐亦忘记。我已84岁不慎又犯20年前痼疾，腰腿扭伤正在医治，忆及往事，感慨系之。时在2008年4月19日。

汶川地震感怀

5月12日14时28分四川汶川县8级大地震，世界震惊，三周来国内外哀悼，救助感人至深。然而见仁见智颇有所想，乃成诗数首，聊以抒怀。

其一

无端大地起风雷，十万生灵一旦休。
房倒屋塌堰塞湖，山崩地裂泥石流。
幸有公私多救助，及时深入解需求。
死里逃生当自慰，后福无量减悲愁。

其二

八级地震世间稀，往事唐山后之师。
讳病忌医实可耻，萧条异代不同时。

其三

率先慰问走如梭，个个争得录像播。
媒体颂扬称内外，细看虚情假意多。

其四

漫道人人有余财，捐钱排队且登台。
表扬大款如拍卖，哪见平民百姓来？

其五

大祸塌天动地哀，举国悲戚感人怀。
募捐义演应同泣，哪有歌声满戏台？

其六

从来书画捐资展，欺世盗名丑类多。
打着羊头卖狗肉，樱桃桑葚一时货。

遣愁二首

1984年因莲娘赴日开会，讬寄同学海原武二诗以表多年未见之情。

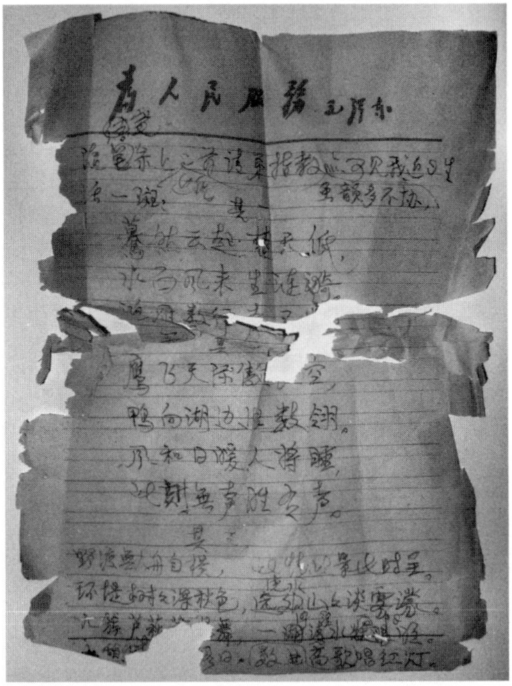

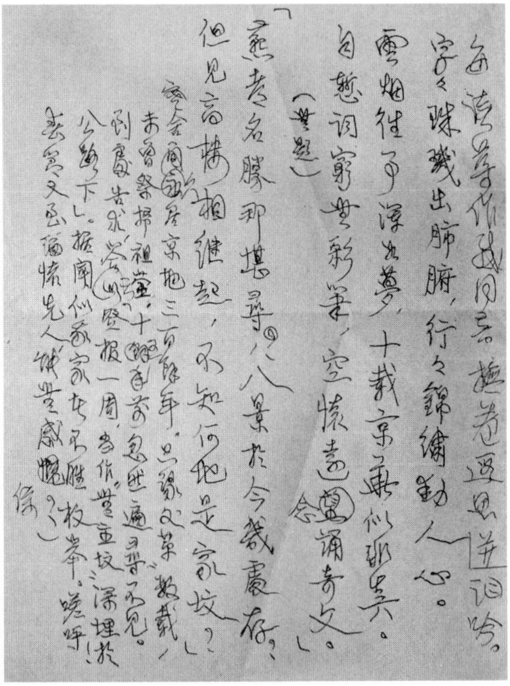

叶喆民手稿

其一

盛年已去壮志残，故友焉知后会难？
何日与君重把手，同窗往事话从前。

其二

云山望断欲何如？带水一衣万里余。
今日因妻访兄嫂，数行老泪一封书。

夏夜偶成

1985年7月23日夜梦作诗，醒后续之。

欲向苍茫向落晖，天涯何处述余悲。
凌云有志成春梦，渡海无能作嫁衣。

致尚爱松兄函片段

此乃致尚爱松兄函片段。再者，弟在故宫工作十七载受益良多。近应该院聘为“客座研究员”，责无旁贷。因此有感于衷。

郢正：

当年有幸沐春风，
吴老栽培来故宫。

窑址考察师陈老，
陶瓷鉴赏拜孙翁。
振兴教育回学校，
又作人师哺后生。
今日离休归客座，
八旬独自感恩情。

我原在清华农学院任秘书，建国初三校合并去农大，兼教夜校十三年。因1960年发表《中国古陶瓷科学浅说》一书，曾任文化部副部级一向爱才的吴仲超院长调我三载，农大坚决不放，提出“交换”，乃以四人任凭挑选。最后面求党委书记（乃我学生）方得如愿。先父为该院专门委员，与孙陈二老友善。孙老名著《元明清瓷器鉴定》乃我执笔，时吴老要二人具名发表，为我谢绝，《文物》校样已印出我名，为我划去。当时香港《大公报》按期转载，可惜“文革”陡起，孙陈二老相继受害。1978年梅健鹰先生约我来校整顿陶瓷系，吴老不肯同意，留我去研究室。因与冯某不和，终于离去。而今该院青黄不接，曷忍坐视？故有感恩图报之意。同时应邀参加会议及受聘者北大宿白教授与中科院李家治研究员（周仁先生之徒，李鸿章之孙）以及上海和英、美、法、德、日等各大博物馆长共二十余人。并正式成立古陶瓷与书画两个“研究中心”开展科研工作。因故宫属文化部直接领导，仍遵循旧制，院长由副部长郑某兼任。晚年退出讲坛，能在原处继续发挥余热，亦云幸矣。回想往事如烟，人情变幻，不禁感慨万千。（当年离开故宫时年已55岁，仍是一般“馆员”。62岁方评为“教授”。比之今日晚辈们又将如何？）

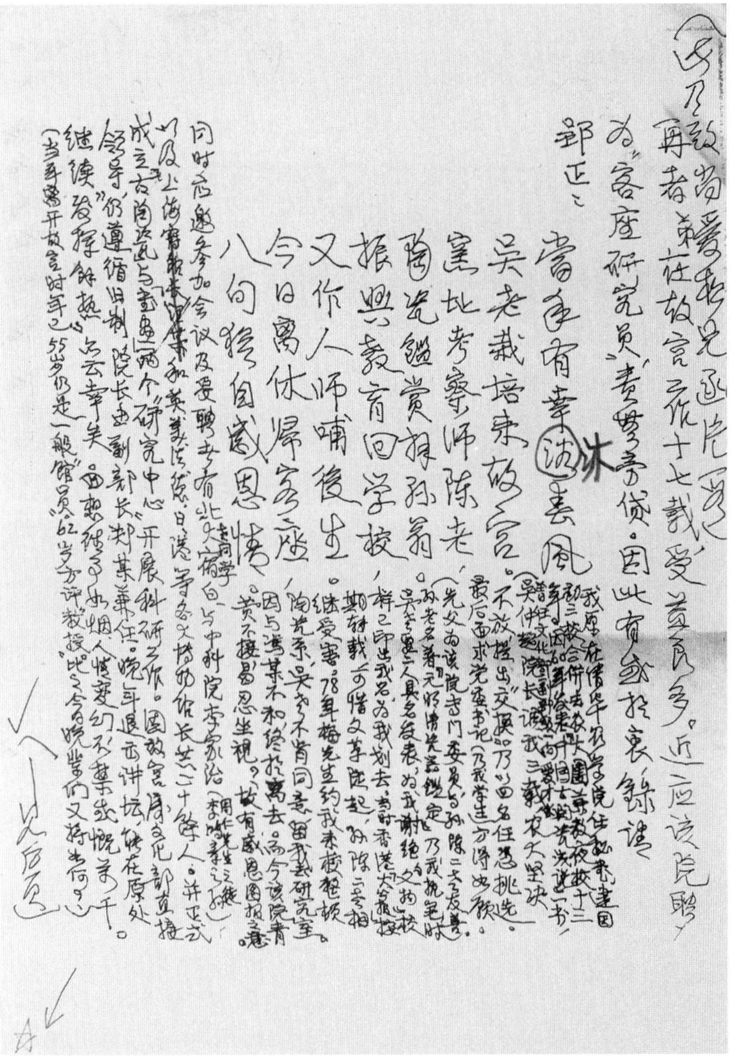

再者鞍在故宫工作十七载，受益良多。近年应该院聘
为"客座研究员"，责无旁贷。因此有感于衷，录请
郢正之

当年有幸沐春风，
吴老栽培来故宫。
塞北考察师陈老，
陶瓷鉴赏拜孙翁。
振兴教育回学校，
又作人师哺后生。
今日离休归客座，
八句犹自感恩情。

叶喆民手稿

致爱松仁兄函片段

近接山东路某函告，峄山重整修，求予书其所作诗句，名曰“雅集诸家书”，实为渠张目耳 。虽鄙其所行，然诗兴又发，乃成七律，聊以寄怀，岂望刻石哉？

峄山石刻已失真，杜老诗称野火焚。
邹县翻摹存古意，艺林佳话久传闻。
层峦叠嶂成新景，峻岭奇峰动雅吟。
他日寻碑能到此，芒鞋竹杖遂初心。

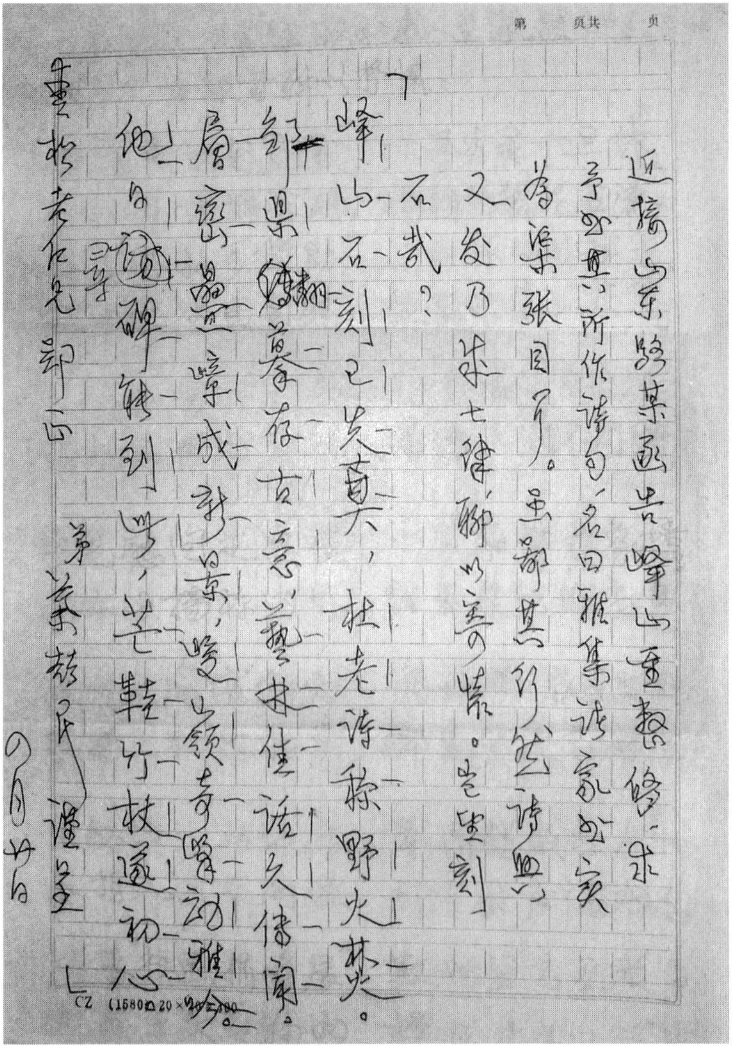
第　页共　页

近接山东路某函告峄山重新修葺，求予为其所作诗句，名曰雅集诗家，如实为集张目耳。虽鄙其行，然诗兴又发，乃成七律，聊以塞责。岂望刻石哉？

峄山石刻已失真，杜老诗称野火焚。
集翻摹存古意，艺林佳话久传闻。
层峦叠嶂成新景，峻岭奇峰动雅吟。
他日寻碑转到此，芒鞋竹杖遂初心。

书松老仁兄郢正

弟 叶喆民 谨呈
四月廿日

CZ (1680) 20×20=400

叶喆民手稿

辑四　耄耋答问

书学答问录

问：众所周知，书法与陶瓷都是中国源远流长的传统艺术，但二者的密切关联却易于被忽视。作为一位以研究中国古瓷闻名的学者，您如何看待这个问题？

答：自古以来陶瓷工艺与书法艺术的发生和发展，不但历史悠久，相互间关系密切，而且同是当时文化、艺术乃至政治、经济状况的具体反映。陶瓷的发展演变过程既可作为书法史研究中可靠

访谈现场（左：叶喆民，右：苏滨）

的佐证，亦可从中汲取书法的审美思想。反过来说，历代书法所蕴含的审美风格，也各自贯串在陶瓷装饰与造型之中。

问：关于中国古陶瓷与书法艺术的关系，记得您当年在讲课时曾屡屡论及。在这里，您可否结合二者的源流来谈谈您的观点？

答：我当年给你们讲授《中国陶瓷史》和《中国书法史》时，详细谈过陶瓷与书法艺术的密切关系，亦在《中国古陶瓷与书法艺术》一文中做了专门论述。

元磁州窑书《山坡羊》词四系壶

中国陶器和文字，自古就有着十分密切的关系。比如说，远在六七千年前的仰韶文化与四五千年前的大汶口文化以及马家窑文化，陶器上面常见有作为记事的符号。春秋、战国时期，陶器上面多带有文字。关于战国印字陶器，早在清末就已引起重视。罗振玉在《俑庐日札》内提出“齐鲁醇，燕赵则肆”的论断，为后世研究战国陶文提供了非常有用的经验。陈介棋受到陶文与金文布局结构的启发，在《习字诀》中主张“练行不如练气”。这是因为陶文多是随同器形需要而自然变化，并不拘泥于行列的整齐，字体也大小不一，迭宕多姿，妙趣横生。

秦砖汉瓦上的书法奔放不羁，颇具野趣，与那些庙堂中丰碑巨揭的严谨工整的书体形成鲜明的对比，可谓是书苑中的奇葩。秦代刻石现已寥若晨星，传世拓本多为后人补刻，面目全非，真迹罕见，因而秦砖与陶器文字在书法史上占有突出的地位，是学习秦篆书法可靠的典范。汉代砖瓦之文字，无论篆书或隶书，多在圆形、方形、云形轮廓内变化其形体，介乎文字与图案之间，别有一种圆浑古雅的神韵，令人百观不厌。汉代陶器如瓶、壶之类的明器，多写有隶书。对照看来，在工整的刻石与草率的书陶笔法、字体方面显然有所区别。它们都是探研汉代书法来龙去脉可信的历史见证。

三国、两晋时期是青瓷器普及和发展的阶段，同时也是书法艺术进一步提高与形成典范的过程。关于魏晋书家墨迹的真伪，历来众说纷纭，但若能结合当时陶瓷器上的字体来比较研究，自然有助于问题的解决。比如说，故宫所藏“吴永安三年铭青瓷谷仓”上刻二十四个字，乃是富有隶意的楷书，即所谓“楷隶”。上海博物馆藏有一件“西晋会楷铭青瓷谷仓”也是使用同样字体，具有参考价值。故宫另一藏品“西晋咸宁四年吕氏砖”，字体简古，俨然章草书法，与传世的陆机《平复帖》相比十分相似，为旁证欧阳询所说“张芝草圣，皇象八绝，并是章草，西晋悉然”的见解愈加可信。反观张怀瓘认为早自东汉张芝即已“变为今草，如流水速，拔茅连茹，上下牵连”的说法则值得怀疑。

唐长沙窑釉下褐彩“春水春池满”诗文壶

我国陶器创制和逐步向瓷器过渡的发展时期，也是汉字由古文到篆、隶、草、行、真各种书体演变的主要阶段。在陶瓷工艺史中曾有灰陶、彩陶、黑陶、白陶、釉陶、青瓷、黑瓷、白瓷等类别上的繁衍发展，而后虽有自南北朝至清代各种青、白、黑瓷及许多颜色釉、釉上彩、釉下彩瓷器，然而毕竟多是技艺上的提高与改进，很少能突破以前陶瓷各大门类的藩篱。与此情况相同，在书法美术史上亦不例外。即从远古文字的形成和各种字体的出现，直到汉晋书法臻于绝顶。此后尽管各种流派及名家层出不穷，别树一帜，却多数未能脱出“秦篆汉隶”，始终以“钟张羲献”为真、行、草书的楷模，万变不离其宗。

唐长沙窑釉下褐彩“春水春池满”诗文壶（局部）

唐代是楷书、行书与草书盛行的阶段，出现在陶瓷器上面的文字同样多是楷书、行书或草书字体。唐诗风行之际，陶瓷器上题诗的出现更非偶然。湖南省博物馆藏有一件“唐长沙窑青瓷壶”，腹部写有行书五言诗：“春水春池满，春时春草生。春人饮春酒，春鸟弄春声。”其他尚有一些民歌、民谚出现在瓷器上面，不胜枚举。

作者晚年示范笔法

宋代书法一洗唐人拘谨的书风，而追踪六朝之自然奔放，形成一代豪迈的书法，并且影响到一些名窑作品的装饰风格。尤其是被誉为民间窑代表的磁州窑型器物，其中一些碗、盘、瓶、枕上面有不少是用文字作主题纹饰，形成一种浑朴、豪放的艺术风格。它们不但在内容上继承了记载时间、用途或诗歌谚语的传统做法，而且在文字书法上另辟蹊径。明代陈继儒的《妮古录》内写道："余秀州买得白锭瓶，口有四纽，斜烧成仁和馆三字，字如米氏父子所书。"若联系苏、黄、米、蔡诸家书法在当世的流行，均可在许多窑器上找见他们影响的辙迹。它们的内容可谓包罗万象，诸如"鹤"、"亭"、"忍"、"梨花白"、"神芎丸"，"醉乡酒海"、"招财利市"、"清净道生"、"有客问浮世，无言指落花"等抒情、叙事、迷信、祈祷和遁世的词语，可以作为考辨民俗与民间书法甚或补正史不足的珍贵资料。多年前在福建建阳窑址曾出土一件陶牌，正反面刻有"黄鲁直书法一本"七字。不只说明当时黄庭坚书法影响之广，并且为考证窑址的年代与兔毫盏的流行时间提供了有力的佐证。

元代磁州窑器物中的文字装饰，依然保存以往宋、金时期的作风。有的则写当时流行的词曲，如“山坡羊”、“小桃红”、“满庭芳”、“朝天子”之类，可补文学史之不足。如河北彭城出土的一件“元磁州窑四系壶”上写：“晨鸡初报，昏鸦争噪，哪一个不红尘里闹？路遥遥，水迢迢，利名人都上长安道。今日少年明日老，山依好，人不见了。”其笔力苍劲，颇有当代名家鲜于枢、冯子振书法之豪宕之趣。另一件“元白地绘黑花瓶”，肩部环书“远浦归帆”四字，书法隽拔，画意盎然，犹有米芾余韵。

元磁州窑书诗句盘

明代陶瓷是处于继承过去的技法而进一步提高，以青花和彩瓷争奇斗艳的新阶段。虽然表现在陶瓷器上的文字书法不很突出，但在画笔的老练苍劲、设色的浓淡咸宜上，反映出当时书画家的深厚功力和时代风尚。细看明代官窑年款书法，非但各具特色，而且渊源有自，克肖一家。例如宣德款字宗法颜真卿，成化款字师承李邕，正德款字祖述褚遂良。虽纤如毫发，莫不以中锋写出。或似铁画银钩，锋绝剑摧，或者风骨隽拔，欲侧而正，或若空中飘带，悠然自得。文物界过去判断此等瓷器的真伪，往往只凭其点画位置及釉色沉浮而定，倘能再从书法艺术上留心观察，无疑将会有助于识别赝品，并且平添许多欣赏的雅趣。晚清人吴德旋在其《初月楼论书随笔》一书内曾指出“明自嘉靖以后，士大夫书无不可观，以不习俗书故也”。晚明时期董其昌等所谓“以奇为正”的行草书，自然会影响一些人的审美观念，从而万历、天启款识的书法又复一变。至于汉字书体，除永乐、宣德、弘治、万历数朝的官窑年款曾见有用篆书者外，其余多用楷书，各备一格。民窑器物的年款则信手涂写，虽无定法，然如明人草书一样奔放不羁，精神飞动，别有一番野趣，为后世伪作所望尘莫及。

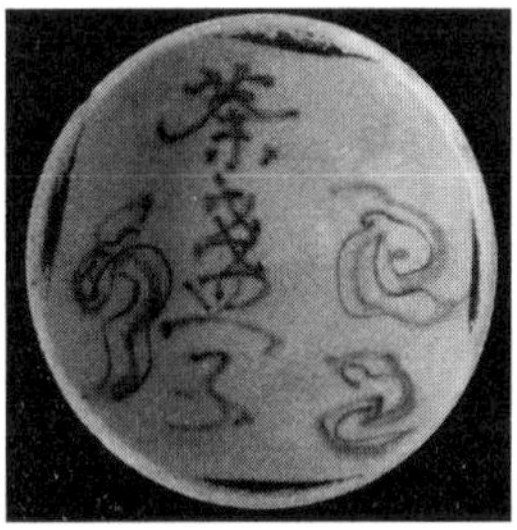
唐长沙窑“茶盏子”铭青瓷碗

金磁州窑八角形白地黑花如梦令枕

清代制瓷技术达到历史上的又一高峰，却未见在书法艺术上有何突出的成就。“馆阁体”书法大为盛行，不仅风靡士林，流毒匪浅，而且表现在官窑年款上面。比起前朝年款之犹有唐人气味来说，愈加趋于板滞而少有个性。特别是雍正款识书法俨然印刷字体一般，乾隆以后的篆书年款更是图案化，索然乏味。至于作为主题装饰用书法，如康熙青花笔筒上多写有《出师表》《兰亭序》《赤壁赋》《圣主得贤臣颂》等楷书，乾隆粉彩大瓶上有写真、草、隶、篆四体诗文的作品，多是“馆阁气”十足，不过工整而已。只见过故宫藏品中有一件康熙瓷器上学写《怀素自叙》的狂草之作，诚为不可多得。由于康、雍两朝青花、斗彩瓷器追求宣德、成化时期的工艺水平，常有摹仿同样年款的伪作，颇能乱真，但若在笔法、结构和气韵方面察之秋毫，自然就会发现破绽。

问：在中国书法史上，善书者多不胜数，其中善书而为诗名所掩者有之，为文名所掩者亦有之。与这种情况相似的是，您在陶瓷方面的学问闻名遐迩，但您在书法方面却没有那么大的名气，可以说是为陶瓷研究之名所掩。因此，请您谈一下您研习书法的历程如何？

答：清人华翼纶《画说》里有一番耐人寻味的话：“俗士眼必俗，断不可与论画。世间能画者寥寥，故知画者少，但以自娱可耳。必为求知于世，是执途人而告之也。且画本一艺耳，人即不知何害？”他这番议论也同样可看作是对书法的见解。既然“求知于世，执途人而告之”为不可，“唯恐人之不已知”更大可不必。其实，古人工书者，多埋没不传。比如说，唐代诗人多有擅长书法而为诗名、文名所掩者，李白、杜甫、白居易、杜牧、韩愈、柳宗元……无不如此。我虽不能与他们相提并论，但就个人情况而言，那些听说过我的人，确实多半只知道我是搞古陶瓷研究的。我今已八十二岁，在我所经历的岁月中，陶瓷研究其实只占一半多的时间，而书法研习则占了大半辈子。我自幼酷爱书法，后来又先后师从罗复堪、溥心畬、徐悲鸿三位先生学习，数十年如一日，临池不辍，从未懈怠。晚年以后，则以读帖、写作为主。我习书法，最初从唐人楷书、行书入手，然后才直攀魏、晋、南北朝真书，追踪秦篆、汉隶与章草，参以宋人、明人草书。我自知天资有限、眼高手低，从来不敢妄自称家。

问：您是何时拜罗复堪先生为师的？作为您一生中最重要的老师之一，他给您留下了哪些难以磨灭的印象？

答：关于罗复堪先生，我曾在《纪念罗复堪先生》一文中作了记述。我最初从罗先生学习书法，正当十六岁的青春少年，而先生那时已是六十五岁的龙钟老人了。那时，罗先生在北京大学文学院任书法教师。他那博学多识、诲人不倦的高尚品质与严肃认真、循循善诱的教学态度，乃至刚正不阿、洁身自好的处世作风，迄今犹使我难以忘怀。追思往事，如烟似幻，但老师的音容仍历历在目。回想第一次拜见罗先生，适值我刚刚迈进大学门槛。由于我在中小学读书时即酷爱书法，临摹颜、柳字帖略有基础，所以特意拿了一张自鸣得意的临清人王文治（梦楼）书《王太夫人寿序》的习字请先生评阅。那时少年浅学、狂妄无知，原以为将会当众受到赞赏，不料竟被先生驳斥一番。他援引前人的评论指出了王文治的书法姿媚有余而雄厚不足，要我改习他们（米芾、赵孟頫、董其昌、王文治等）的祖师爷李邕（北海）的书法。并且为我讲述了“取法乎上，仅得其中;取法乎中，仅得其下”的治学道理。这是我一生难忘的收获，也成为我以后用来教育学生的重要理论根据。如此一连三载每日用功临摹，终于从中悟得了董其昌所谓“香象渡河”的结体和运用中锋的笔法。还记得那时先生乘坐自用人力车，每次来校授课我都恭候在楼门外将他搀到三楼上，稍息片刻即行开讲。或者朗读他的讲义《书法论略》并加以解释，或者

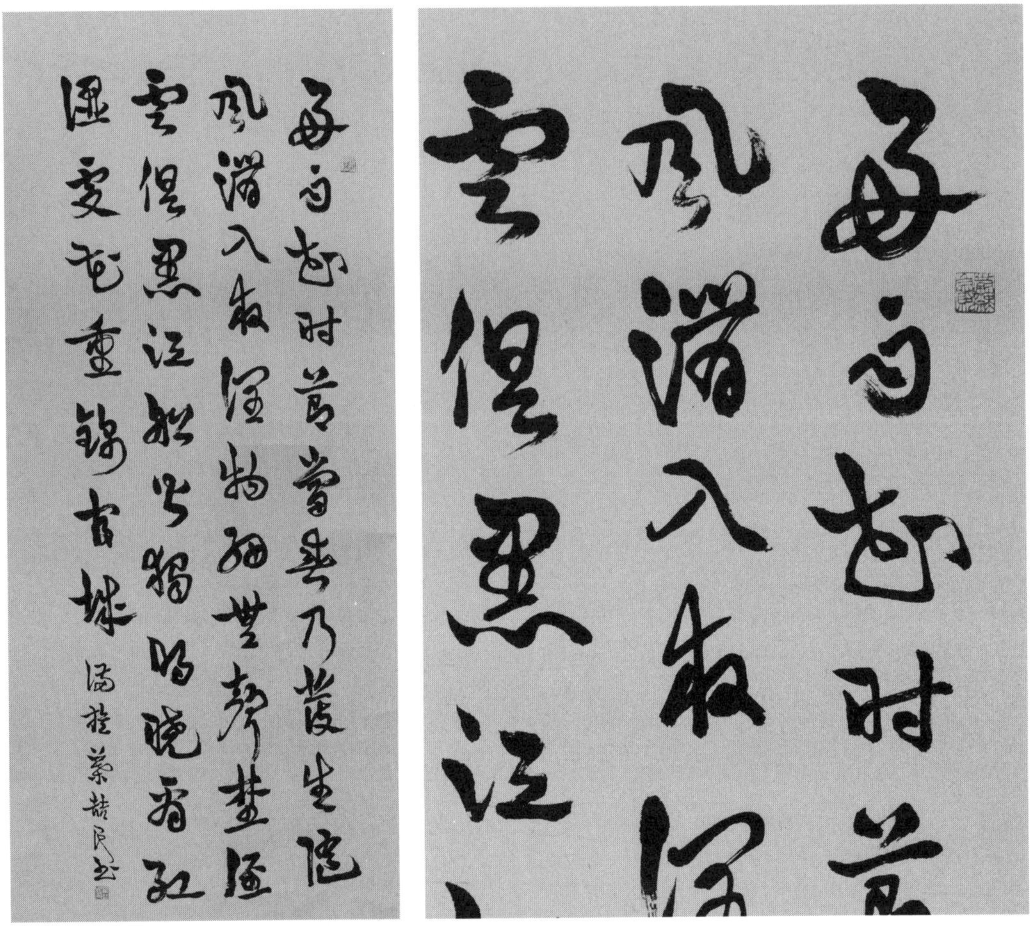

叶喆民草书唐诗

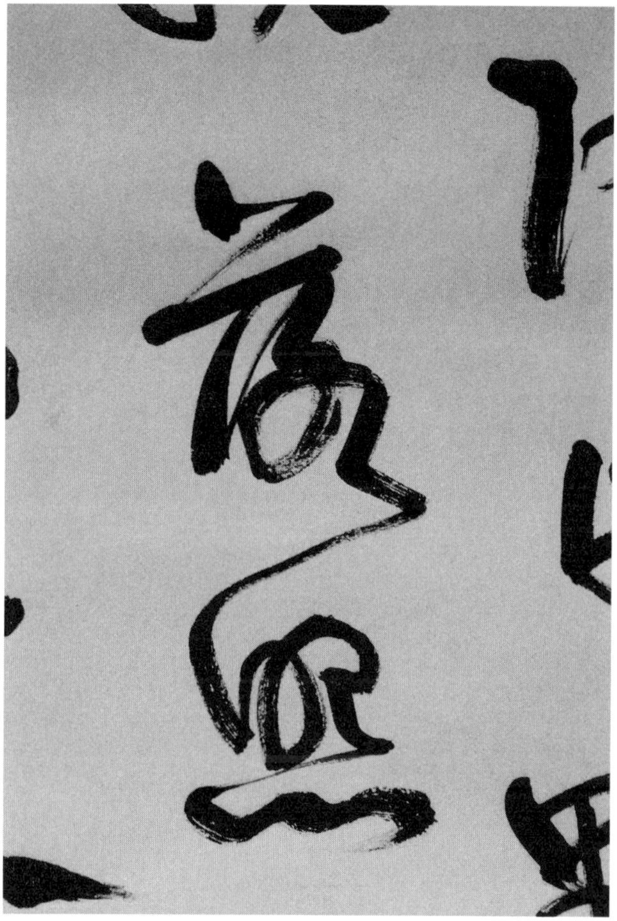

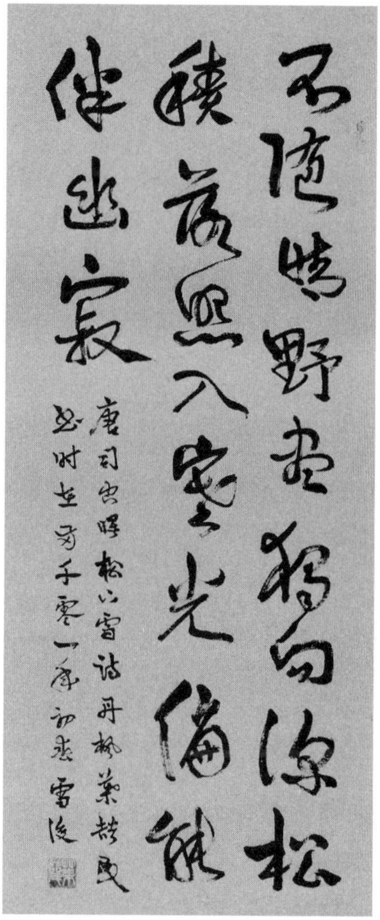

叶喆民草书唐诗

批改学生作业，高兴时偶然为我临写王献之《洛神赋》、唐太宗《温泉铭》，或自书章草集句等以作示范。这些片纸只字，在我看来有如零金碎玉一般，迄今仍然妥善保存，未曾散失。先生逝世后我已渐步入中年，有一次偶然翻阅《欧阳文忠集》，在“试笔”章内见有“李邕书”一节，其中写道：“余始得李邕书，不甚好之。然疑邕以书自名，必有深趣。及看之久，遂为他书少及者。得之最晚，好之尤笃。譬犹结交，其始也难，则其合也必久。”读之再三，联想自己当初勉强改学李书的经过和心情，不意竟与古人暗合。故此，愈加深刻体会到罗老师指导有方，发人深省。

问：据我了解，如今已经很少有人知道罗复堪先生。您能否进一步谈谈其人其书？

答：罗复堪先生是老北京的“四大书家”之一，说起罗复堪先生以及宝熙、邵章、张伯英，凡是艺林中的耄耋老者，多已久闻其名。其中，独擅“章草”的就是罗复堪先生。先生名惇㬊，字子燮，号照岩，敷庵、复庵，又号复堪（一作戡），别署羯蒙老人，广东顺德人，为罗瘿公先生从弟，康有为先生弟子。他曾就读于广雅书院，京师大学堂译学馆毕业。他12岁开始习欧体书，15岁进功颜字，18岁后潜心临习汉魏碑及各家草书，终能以章草享誉书坛，被誉为“现代章草第一人”。早年北京出版的《艺林月刊》《艺林旬刊》刊名常为其所题，并曾鬻书于厂肆，人获其字莫不珍藏。民国初年雕刻有孙中山像的银圆上的“壹圆”二字，即出于先生手笔。先生晚年曾在国立北平艺专及北京大学文学院执教书法，新中国成立后受聘为首批中央文史馆员。那时他左臂病残不能伸直，犹每日作书不辍，直至83岁逝世，其间七十年从未间断。先生擅书之外亦精于绘事，然不轻易示人。我曾见先生所作花卉，上追徐青藤、陈白阳，画中有书，清爽脱俗。先生尤其长于诗文，著有《三山簃诗存》《三山簃学诗浅说》《唐牒楼金石题跋》《晚晦堂帖见》《羯蒙老人随笔》《书法论略》以及《论书示门人六十首》等多种。当初我所抄录的《论书示门人六十首》，便是照先生手书原稿精心摹写，力求形神俱似，并曾返借与先生后人发表在香港《书谱》(总69、70期)内，得以裨益海内外学界。细看罗复堪先生的书法，笔力瘦硬而苍润有余，结体俊拔而古雅无比，好似铁画银勾、苍松翠柏；又如清癯高士、骨鲠学究；令人始望之而裹足，继而肃然起敬，终将五体投地，亦如欧阳修之学李邕书法一般。我自忖从师学书十五载，年逾八十犹未辍临池，但是对比先生中年之作仍有愧色。因知书法之道于功力外，天赋与文化修养缺一不可。这里不妨引先生《论书诗》一首为证：

读尽千碑书始成，初从博涉后专精。

此中贵有诗书气，方信人非浪得名。

问：罗复堪先生之外，您的另外两位老师溥心畬、徐悲鸿先生都是非常著名的书画家，他们分别对您产生了哪些深刻的影响？

答：我拜识心畬先生是在20世纪40年代中期，那时候我正在清华大学工作。由于自幼对书画艺术的酷爱及对先生品学的敬仰，曾在先父面前向溥先生正式行过拜师大礼。更因我们同是满族后裔，所以师生的感情亲密无间。当时他住在颐和园乐寿堂一所宅院里，我则住在颐和园对门。每遇闲暇便去请教书画和诗词之学，多是他侃侃而谈、谆谆教诲，我却因刚从北京大学毕业不久，初出茅庐，很多事物见所未见、闻所未闻，惟有洗耳恭听而很少主动提问。虽得溥师教诲仅五易寒暑，却使我受益无穷。先生在绘画、书法、诗词方面有其众所周知的卓越成就，对于陶器、铜器等古代文物乃至民间曲艺也有很深的研究。先生这些方面的修养和造诣，往往为人们所忽视，而这却是以前不少文人墨客所共有的特长。如果进而联系我国古陶与文字的历史渊源，以及音乐和书法的艺术共性，均足以说明溥心畬先生对这些方面的笃实爱好是与其书画的高度成就密切相关的。我之所以在后来兼在书画和陶瓷两方面进行研习，并能相辅相成、互为表里而取得一些成绩，也是受到往哲前贤启示的结果。

至于徐悲鸿先生，在我印象中最深的不仅是他的博学多才，更加难忘的乃是他一贯对青年们那种循循善诱、使人如浴春风的谦和态度和远见卓识。在教导如何学习书法的方面，徐悲鸿先生也是独出心裁、别开生面的。他曾教我将碑帖、法书分别照字的部首加以剖析，临摹若干遍记住其特征，即离开原作进行默写。然后再对照原作找出不似之处加以改正，并要悬之壁间自己观摩，此谓之“医字”。如此反复数周，自然可以大体掌握其结构和神态。此种行之有效而又科学的临习方法，我曾亲身有所体验，果然事半功倍。但这仅是为了初学某种字体打下结构上的有利基础，并不等于说中国书法轻而易举，可以躐等求进，甚或因此而忽视其艺术内涵，如笔力的苍劲、气韵的流畅乃至格调的高超等。联想廿年前我为其发表的那篇《积玉桥字题识》，可称字字珠玑、言简意赅。他的书法正论，永远值得我们认真学习和实践。

问：您如何评价清末民初时期出现的书法新风及其影响?

答：包世臣《艺舟双楫》中所说的那种“整齐如算子”、规矩有余而神韵不足的 “馆阁体”书法，到了晚清时期依然统治着书坛，特别是在大众的审美观念中流毒很深。针对当时书坛存在的这些缺点，康有为、杨守敬等人勇敢地提出问题，在过去的基础上提倡六朝碑刻书法。这些先知先觉的前辈们身体力行，甚至把新的观点传播到海外去，开拓了清末民初时期和日本近代书法的新局面，实在是功不可没。辛亥革命以后，作为民族文化之一的书法艺术自然也不能脱离新时代的特点。一方面，封建残余的“馆阁体”阴魂不散，它的流毒依然渗透在不少书家的心血里;而另一方面，主张学习碑刻或碑帖交融的学者和新的书风，随同民主思潮的抬头而进一步得到社会上的公认和推崇。人们不再以那种猎取功名的工整俗媚的字体为至高无上的审美标准，而是逐渐懂得欣赏那种“奇而正”的古朴雄强、活泼生动的六朝书法，出现了一些造诣精湛、驰誉中外的著名书家。如果说过去是以学习“阁帖”为主、不敢越雷池一步的“馆阁体”一统天下，而到此时则已变成碑帖交融、博采众长，可以与之分庭抗礼的对峙局面了。

问：您现在谈书法有一个特殊的历史语境，即今天已经是一个“去书写化”的“打字时代”。在这个有“指法”无“笔法”的键盘时代，倘若那些提笔忘字的“打字族”向您质疑书法的价值，您会如何回答呢？

答：汉字是中国文化的根本，而书法则是汉字的灵魂与中华文化艺术之精粹。尽管我们无需要求每个中国人都必须懂得书法，但是这不等于说书法艺术没有用。“书法无用论”的泛滥，说明了目前书法教育的不足，反映了国人还缺乏足够的民族文化素质及自信心，这提醒我们应该在大学及中小学加强书法教育的力度。实际上谈到“书法”，人们很容易同写字混为一谈。严格说来，这两者之间是有所同而又有所不同的。我们日常写字总是希望能达到正确、整齐、美观和迅速的地步，从这个方面看，书法乃是指写字的方法。但是作为一门艺术来说，它除了这样一些起码的要求外，还有其更多的条件和作用。因此，古人们还有所谓“法书”与“书道”之类的说法。“法书”是指具有一定法则的字而言，过去也用来称赞个人的书法和泛指所有名书家的字体。清人周星莲的《临池管见》一书内，对于书道的作用还具体写道：“作书能养气，亦能助气。静坐作楷法数十字或数百字，便觉矜躁俱平。若行草，任意挥洒至痛快淋漓之候，又觉灵心焕发。下笔作诗、作文，自有头头是道、汩汩其来之势。故知书道亦足以恢扩

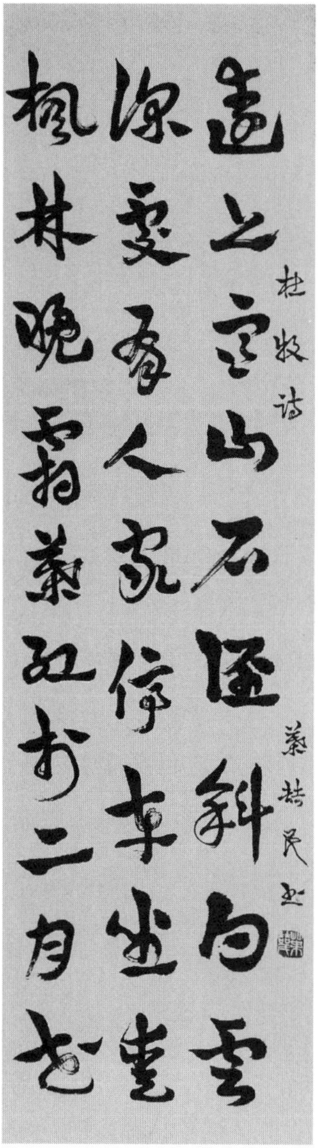

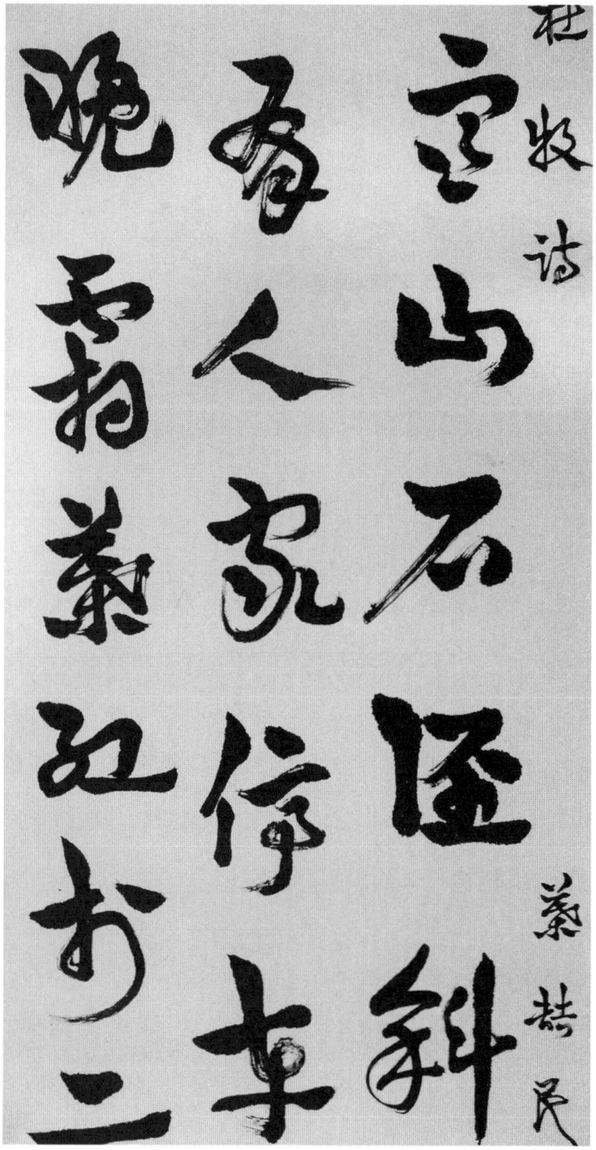

叶喆民草书唐诗

叶喆民草书七言诗

才情、酝酿学问也。”可以说，书法既是中国固有的一种线条美术，也是研究抽象气韵和具体轮廓的一种基本艺术，甚至还可以说它赋予了中国人以基本的审美观念。书法在艺术上的作用还可同音乐媲美。所不同的是音乐用声韵表达感情，而书法则是靠气韵体现性情。一幅好的法书，特别是行草书作品，它那抑扬顿挫、轻重缓急的节奏感，对于真正懂得欣赏的人们来说，恰似一曲悦耳的音乐，足以遣兴陶情，使人陶醉。至于书法对于健康的作用也是不言而喻的，试看古来多少书画家克享遐龄，多为七八十岁的高寿。当然，不能说学习书法只是为了健康长寿，罗复堪先生就曾向我说过“写字等于坐气功”，他晚年左臂残废，足不出户，但每日晨起仍必写《金刚经》一遍，至死未辍其功。我个人青年时期，有时感到心情激动或烦躁不安时，就坐下来临帖学书，便逐渐心平气和，而且从未尝过失眠的痛苦，深深体会到书法中所谓“气闲神静”之要，大有养性安神的功效。然而，这些只能说是学习书法的附带好处，并不是主要目的。不管怎么说，至少学习书法要比沉溺于声色犬马或做其他伤害身心的事情和癖好强得多。所以，书法既是一种文化修养，也是一种文体活动。至于有人把书法作为哗众取宠的手段或当成谋取钱财的商品，甚至把持书坛而妄称“书家”或者“大师”，则又另当别论了。

问：近年来，在社会上被推崇的书风似乎以呆板俗媚者为多，这是否在一定程度上说明人们在书法审美方面出现了问题？

答：汉字书法一向存在着两种不同的书风，即所谓“庙堂气”与“山林味”。前者如汉代孔庙碑刻之隶书、唐代之“干禄体”楷书以及明清时期之“馆阁体”字等;后者如汉代之摩崖、砖刻草隶、六朝造像的真书以及清“扬州八怪”等人的变体书法。徐悲鸿先生曾将此两类书法中之最美者概括出两大特点，即“正而奇”与“奇而正”。所谓“正”自然是端正之意，而所谓“奇”乃是神奇并非奇怪。前者突出表现在唐人法书中，例如欧阳询、褚遂良、颜真卿、柳公权等人的楷书;后者突出表现在汉魏六朝摩崖及碑志内，例如《石门颂》《石门铭》《龙门廿品》之类。“奇而正”的书法，还有殷墟甲骨、铜器铭刻、秦砖汉瓦以及木简一类的字体也值得重视。它们看来不很规整，甚至还显得放纵，仿佛随意而书，有的还随造型材料及用途而变化其行列、位置，然而却格外富于浑厚、洒落的气势与稚拙、天然的趣味。此即徐悲鸿先生称赞不绝的“稚拙”与“天趣”。对此，罗老师也有诗说：

文似看山不喜平，作书尤贵势峥嵘。

秦砖汉瓦旁搜采，偏正欹斜意趣生。

诗中所讲“不喜平”、“势峥嵘”、“意趣生”的特点当然不限于上面所举一些字体，在前面所举的唐人楷书中同样可以找见，只是在结体上偶露端倪，更多地表现在神韵方面罢了。由此看来，上述两大类书法在“正”与“奇”的表现上各有所侧重，或重神态、或重形体、各有千秋。若论其优缺点，则前者规整但易失于拘谨，后者自然但易失于狂怪。我们在欣赏法书时需要仔细玩味，尤其要注意区分下面似是而非的美、丑、善、恶的不同：严谨与呆板、飘逸与轻佻、古拙与丑怪、洒落与凋疎、雄强与粗野、茂密与堆砌、瘦硬与枯削、浑厚与肥浊、秀丽与纤弱、开朗与散漫。这中间有个“度”的问题，所谓“过犹不及”。此外，还必须在视觉上注意“书线”的长短、宽窄、浓枯、斜正、强弱乃至墨色的燥润，进而联想其运笔的迟速、轻重、顿挫、方向、意图以及情感、修养等多方面，这样才不至于迷惑。

问：在懂得如何欣赏的同时，也需要明白一些普通的鉴定知识，如此方能进一步达到“鉴赏”的目的。您认为书法鉴赏应该注意哪些要点？

答：明人文震亨所著《长物志》中有一段话，可谓至理名

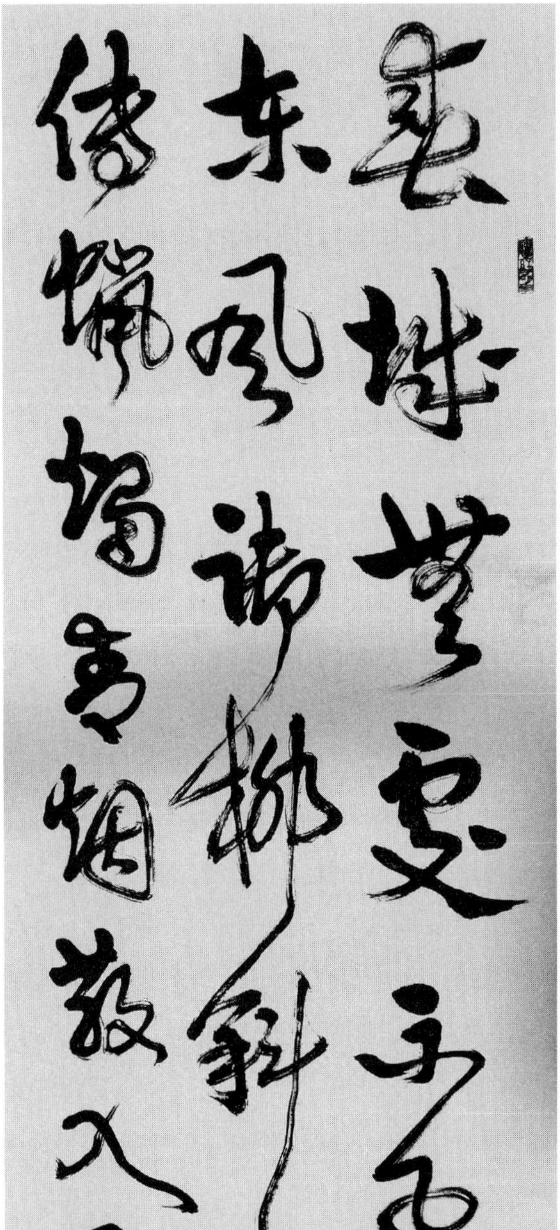

叶喆民草书唐诗

言："观古法书当澄心定虑，先观用笔结体，精神照应。次观人为天巧，自然强作。次考古今跋尾，相仿来历。次辨收藏印识，纸色绢素。或得结构而不得笔意者，模本也。得笔意而不得位置者，临本也。笔势不联属，字形如算子者，集书也。形迹虽存而真彩神气索然者，双钩也。又古人用墨无论燥润肥瘦，俱透入纸素。后人伪作，墨浮而易辨。"他言简意赅，讲得非常精辟。其要求虽然较高，但作为一名书法爱好者而非收藏家来说，似乎也可力求知识广博。特别是他所讲的"较量真伪，心无真赏，以耳为目，手执卷轴，口论贵贱，真恶道也"这几句箴言，更值得深思，无论学习、欣赏或收藏古今书法作品时都应引以为戒。

问：您认为在学习书法的过程中，应该如何读帖、临摹？

答：学习书法经常会听到"临摹"一词。所谓"临"是面对之意，所谓"摹"（一作"模"）是模仿之意。两个字在一定意义上是同义词，所以有时也称"临摹"，即摹仿着写或画的意思。但是严格说来，在写字时两者在方法和效果上却是不一样的，"临书"是将碑帖、法书放在眼前或左上方逐字临写；"摹书"则是将原作为范本的字放在薄而不透墨的纸下，或者用"红模字"在红字上面模仿习字。这两种方法很多人在中小学习字课内都曾用过，但还有另一种方法未必人人尽知，即是所谓"响拓"。响与向通，是临近之意。响拓亦作"嚮搨"，乃是双勾边线的一种方法。据说唐朝时人们遇到古代墨迹中纸色深暗者，便坐在暗室内开一茶盏大小的窗穴，悬纸与法书映光而勾勒边线，谓之"响拓"。关于临书与摹书的优缺点，南宋《续书谱》的作者姜夔在其"临摹"一节里曾一针见血地指出："临书易失古人位置，而得古人笔意。摹书易得古人位置，而失古人笔意。临书易进，摹书易忘，经意与不经意也。"结合我个人学书的体会，果然是经验之谈。换言之，临书易得其神而难似其形，摹书易得其形而难得其神，所谓"神似"与

“形似”二者难得兼顾。初学者不妨二者轮流试用，可以相辅相成。他还说：“惟初学者不得不摹，亦以节度其手，易于成就。皆须是古人名笔置之几案，悬之座右，朝夕谛观。思其运笔之理，然后可以临摹。”这里提出一个“谛观”的问题，而且要放在临摹之前。所谓“谛”是仔细之意，谛观就是要仔细观察。如此也等于阅读过程，所以又称作“读帖”。这种功夫不仅在临摹前需要认真去做，并且在平时虽不暇习书也应多用心思，甚至到了书法有一定成就之后仍然需要。罗老师一向主张不但要读碑帖，而且要多到千种，实际上是说多多益善，并且提示“先博而后专”的治学途径。老人家平时常讲：“第一等字中要有画意，第二等字要字中有篆隶。”徐悲鸿先生曾将他初临的《虢季子白盘》字幅与在新加坡流居时临写的《魏灵藏碑》全文墨宝赠我学习。直到他临危前，仍在床头放有一本《散氏盘铭文放大本》。由此可见这些前辈平时用功的程度。结合上面所引诗文，可知要成为名副其实的书家，决非一朝一夕、一蹴而就的。反之，有几个展览起家、煊赫一时的“著名书法家”，其中有的据说连董其昌是何许人也不知，有的甚至自诩说“从来没临过古人碑帖”，不以为耻、反以为荣。这是学书者应当引以为戒的。

问：在执笔问题上，近年来有人主张“斜执笔”，您对此有何看法？

答：我也知道有人主张“斜执笔”之说，并且曾在电视表演中也看到过类似的执笔方法。当然见仁见智各有不同，未可强求一致。不过就我个人体会，执笔的方式直接关系到中锋或偏锋、笔正或笔偃的效果。例如日本人过去写信用毛笔、信笺时，多左手执卷右手执笔凭空而书。如此自然会使纸笔倾斜，而且挥洒自如、生动有力。但若平放桌面上书写时，同样是平腕竖锋，未见有古人纸平笔斜的说法或写法。日本的文字、书法来源于我国古代，当然也会传得某种执笔方法，而且是与当时的生活用具和踞坐方式分不开的。假使只凭某些古代绘画的执笔形式而否定流传有序的直竖执笔法，恐怕论据尚嫌不足，这是值得多方实践再行商榷的。记得罗、徐二位老师在他们晚年时，都曾不约而同地对我讲过执笔可无定法的道理，一样主张说“甚至可以用五指紧握笔管，而更主要是在于臂力的运用”。

问：您认为运笔应该注意哪些问题？

答：这里，我结合“执笔要端正、竖直，方能使笔锋如悬针，使墨下注如垂露”，谈谈如何运笔的问题。对于所谓“悬针垂露”这句成语，古来见仁见智，多有不同。按照《续书谱》中的解释：“悬（针）者，笔欲极正，自上而下，端若引绳。若垂而复缩，谓之垂露。翟柏寿问于米老曰：‘书法当何如？’米老曰：‘无垂不缩，无往不收。’此必至精至熟，然后能之。古人遗墨得其一点一画皆昭然绝异者，以其用笔精妙也。”但在清人汪沄的《书法管见》一书内，却有更多的体会和不同的见解。他认为：“书诀中所谓‘无垂不缩，无往不收’，一著迹便死矣。今人未敢放先存好收，未敢垂先存好缩。不知不难于收与缩，而难于往与放。运转到纯熟时，峰回路转、意到笔随，岂谓人人能之？”他在这番议论之前还有几句更为精辟的话：“苟能纵臂力体认到熟时，极纵恣，又极不失准绳。如善驰驱者追风逐电，势不可不羁，而一勒便回。”我们试想一个擅长骑术的武士，在那广袤的疆场上纵横驰骋，忽然勒住丝缰走马便回，那样风驰电掣般生动有力的姿势何等英俊豪强。运笔功夫如能达到如此神奇境界岂不难能可贵？换言之，只有做到如此地步，才能真正得心应手、运转自如，在字里行间表现出刚健、飞动的骨力和气势。比如说，米芾的书法就是最好的典范。此外，更要克服草率的毛病，注意讲究含蓄，因为这关系到雅俗的问题。

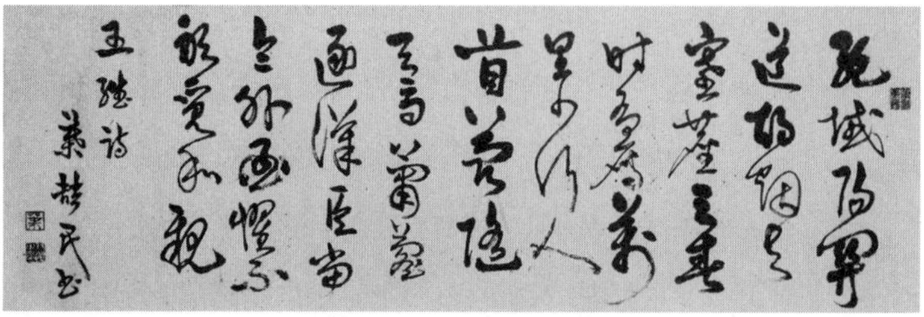

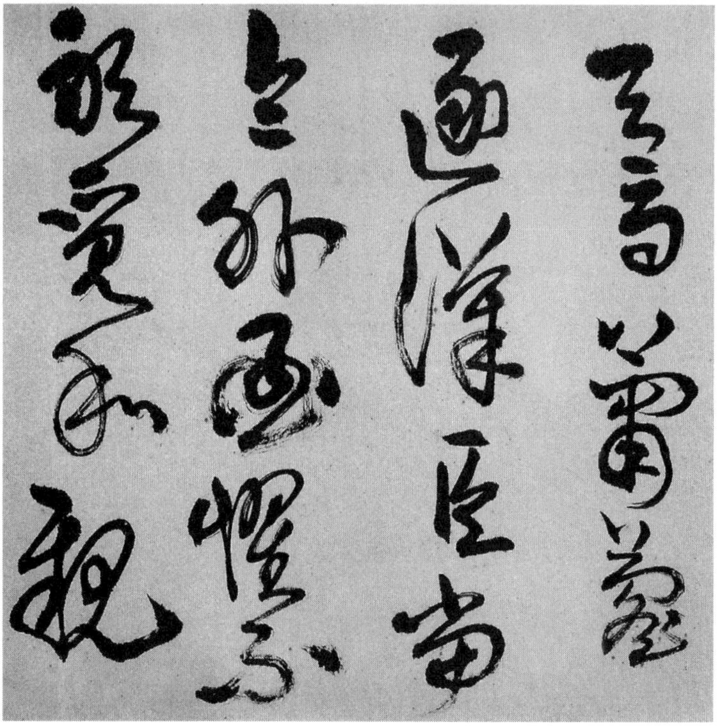

叶喆民草书唐诗

问：除了用笔、运笔，如何“用墨”也是至关重要的。您能否谈谈书法中“用墨”的问题？

答：关于如何“用墨”，罗复堪先生有一首诗说：

带燥方润浓遂枯，用墨于此识径途。

笔畅神融无不适，过庭妙悟不欺吾。

第一句原是根据孙过庭“带燥方润，将浓遂枯”的说法。这一道理必须深思明辨方能领会。我多年体会这两句话，认为主要是讲“字神”，而不能停留在字形的表面观赏上，也就是指“韵味”而言，带有燥渴之笔方能有滋润之韵味。反之，若一概浓重黑亮，则看似滋润而缺乏色调却显得“枯燥无味”。此种意境仿佛“弦外之音”，如不是真正知音者很难领会。然而随同造诣的加深，一定可以领略这个道理。至于“笔畅神融”亦出自《书谱》，原文是：“若五乖同萃，思遏手蒙。五合交臻，神融笔畅。畅无不适，蒙无所从。”清人华翼纶在《画说》中也讲过同一道理，他主张：“求奇求工皆画弊也。妙处总在无意得之，一著意象，便落第二乘矣。于苍莽横逸中贵有神闲气静之致。下笔游移便软弱，构局游移便散漫……画有天趣，当神气闲暇之时，一切烦事皆可不撄吾虑，心忘乎手，手忘乎心，必有佳作。若心绪恶劣，诸务冗繁，强而为之，有颓然欲卧而已。”中国书画同源，而且同样重视笔墨和讲究“天趣”。“天趣”的出现，是同“意外得”、“不经意”，即“偶然”或“无意”分不开的。明乎此，则书法的笔墨问题好像又是次要的事了。然而，仍不可忘记王维的至理名言：“妙悟者不在多言，善学者还从规矩。”

问：根据您的切身体悟，您认为学书需要经过哪些阶段才能达到《书谱》所谓“人书俱老”的境界？

答：孙过庭在《书谱》中有一段重要论述：“至如初学分布，但求平正。既知平正，务追险绝。既能险艳，复归平正，初谓未及，中则过之，复乃通今。通会之际，人书俱老。”上面的话，可谓将学习书法的三个阶段一语道尽。特别是“人书俱老”四字，言简意赅，说明功力之深是与日俱增的。而且险绝不等于狂怪，平正也非是无奇。必须力戒躐等越级，勿求狂怪，踏实地经历这三段变化才好。另《倪氏杂记笔法》一文内，也有与此相近的主张：“凡欲学书之人，工夫分作三段：初要专一，次要广大，三要脱化。每段三五年，火候方是。”这种“三段论”其实质与《书

叶喆民《探海侯》纸本设色

谱》所说“初谓未及，中则过之，后乃通会”的道理是一致的。但他所谓“专一”是要初学者开始专学某家或某种字体，必须掌握其笔法然后再求“广大”。米芾在《海岳名言》里面还这样写道：“壮岁未能成家，人谓吾书为集古字，盖取诸长处总而成之。既老始自成家，人见之不知以何为祖也。”这里提出“既老始自成家”和“壮岁未能成家”的问题，是同“老境”密切相关的。细看米芾书法，笔力苍劲、结体峻拔，真有“快剑斩蒲”、“狮子搏象”之势。尤其是他那“无垂不缩，无往不收”的笔法，起笔入锋变化多端，仿佛武林名师之举手投足，照顾到四面八方，可谓“来如雷霆收震怒，罢如江海凝清光”。可见书法要能达到老境而且成家确是很难的。

问：有些“书家”往往喜欢使用秃颖破笔以求“苍劲”和“老境”，您对此怎么看？

答：有些功力不足的“书家”往往喜欢使用秃颖破笔以求“苍劲”和“老境”，如此则适得其反。讲到“老境”，不可讳言是同一个人的年纪增长乃至经验阅历成正比的。正如参天的大树决非三冬两夏就能长成，特别是那万年长青的松柏，更不是十载成林的杨柳或拔苗助长的桃李所能比拟的。罗老师在他的《论书示门人诗六十首》中最后附有一首诗说：

鼓努为力无足取，不激不厉乃名家。

老境何须务破笔？要从苍润见槎枒。

“鼓努为力”与“不激不厉”也都出自《书谱》，他借用来说明何者应该舍去，如何才堪称名家。诗内还讲到“要从苍润见槎枒”的审美问题。由表面上看，“苍润”乃是苍劲而滋润之意，亦即苍老而不枯干，但是如何能与那老树般的“槎枒”之美统一起来？尤其第三句指出“老境何须务破笔”，如此岂非有些矛盾么？我认为必须结合“带燥方润，将浓遂枯”的道理方好全面理解。在书法中，要表现出苍润古老而气象万千的美感，决不是单凭用墨的浓枯或笔毫的刚柔就可以胜任的，更重要的乃是笔力上的功夫。

问：古诗有云："老骥伏枥，志在千里。"您在晚年仍笔耕不辍，除陶瓷研究方面的著作之外，还出版了书学专著《中国书法通论》。如今您已坐九秩而望百寿，不知还没有未竟之志？

答：我有幸生长在20世纪后半叶，尚能回忆一些比较杰出人物的作品和轶事，其中有几位还曾拜为业师，亲承教诲而受益良多。光阴荏苒，九十载如白驹过隙，回想先师们教导有方，自愧不才而有负师望。虽然劫后余烬中尚有一些先师们的手迹保存至今，有些语录、诗文亦曾在拙作及教研中偶尔引用，但仍有宏文墨宝几经周折，尚未出版。日后若还有余力，我会将其整理出版，以飨后学，不负师望。

（采访撰文：苏滨）

治学答问录

问：叶先生，您已满90岁了，您在很多方面都有很高的造诣，为中国的学术，包括中国陶瓷史、书法史、考古、高等教育等做出了卓越的贡献。您从北京大学文学院毕业后从事陶瓷研究，在故宫博物院工作过，后来又在中央工艺美院任教，请简单谈谈您的学术经历。

答：我和陶瓷结缘这个问题，在我来说有一定的必然性，也有一定的偶然性。因为我本来不是学陶瓷的，我的志趣是书画，小的时候就喜欢写字，画画还在其次。到大学以后认识了北京四大书家之一的罗复堪先生，他是写章草的，跟他一学15年，直到他去世。第二个老师是溥心畬（溥儒）先生，跟他学了3年。第三个老师是徐悲鸿先生，也跟他学了3年。

后来书法反而成了业余，我变成去研究陶瓷了。原因就是我父亲（叶麟趾）是留日学陶瓷工业的，后来到中央美院，徐悲鸿院长请他做实用美术系陶瓷科主任，那儿以美术陶瓷为主，他也研究美术陶瓷。我家里有好多人学陶瓷，我的叔父、弟弟、妹妹都是学陶瓷的，我妹妹是从中央美院实用美术系陶瓷科毕业的，现在他们都不在了。一般都管我们家叫“陶瓷世家”。

我怎么变成学陶瓷的？1945年我大学毕业以后到清华大学工

作，去了以后就做院长秘书，那个时候只有22岁。1952年清华院系调整，把我调整到农业大学。到那儿做图书管理的编目工作，一做就是13年。我也做了学校的业余教员，教了13年的工会夜校，教语文，那时候用着我的文学了，但是用不上我的书法、绘画。以后我写了一本书《中国古陶瓷科学浅说》，1960年轻工业出版社出版了。这是我参考了国外的图书，在我父亲的指导下编写的，当然他是内行。这里主要的问题是提倡用科学的方法研究古陶瓷。故宫的领导看见这本书，想把我调到那边去，这个经过就不详细讲了，前后三年才调过去。调去以后就把我分到陶瓷组了，老院长吴仲超先生是个很有修养的老先生，他知道我喜欢书法、绘画，他说你喜欢书画，你也可以兼在书画组，看他们的东西，甚至你可以参加他们的收购活动，所以我就等于两边都有关系。

这样待了17年，改革开放提倡教育，中央工艺美院陶瓷系主任梅健鹰就跟故宫商量，把我调到工艺美院任教。我就等于去搞陶瓷了，在故宫主要也是搞古陶瓷。虽然内容不完全一样，但是毕竟都是研究中国陶瓷器，一个偏重美术，一个偏重考古。到了学

1977 年作者参加《中国陶瓷史》编写工作会议留影

作者在清华大学美术学院学术演讲现场

校，差不多工作了30年左右。前后算起来，一共60年的时间，一多半时间搞陶瓷，而且我又回到清华大学了，我1945年就到了清华，好像叶落归根了。

我跟陶瓷结缘有它的偶然性，也有它的必然性，因为我家里都是搞陶瓷的，以后的兴趣当然是慢慢培养的。至于说对工艺美院有哪些感触，我知道它最早有很多中央美院实用美术系陶瓷科的老师和学生。换句话说，就是我的父亲给这边打下的基础，到这边来的教师包括梅健鹰先生、祝大年先生、高庄先生，甚至于庞薰琹先生、郑可先生，都是实用美术系的教授，或者是讲师，原班人马去的。咱们学院50周年展览还有一个版面的内容是纪念我父亲的，渊源是很深的。

问：在陶瓷方面您父亲叶麟趾先生做出了很大的贡献，听说您父亲发现了定窑的窑址。您也有一个很大的发现，就是宝丰汝窑，以前说是汝州，后来您考证说是在宝丰，这方面也是很重要的，这个方面请您谈一谈。另外，您在陶瓷研究方面除了上面提到的书以外，又写了《中国陶瓷史纲要》。最近三联书店给您出了一本很豪华的、有一千多张图的《中国陶瓷史》，也对陶瓷史学发展做出了很大的贡献。再有就是20世纪60年代初期的《中国陶瓷科学简说》，开始提倡研究陶瓷要用科学的方法，要把科学的方法和传统的鉴定方法结合起来。我想请您谈一谈研究陶瓷的独特方法，对于我们老师、学生都会有很大的启发。

答：我们研究陶瓷因为偏重于考古，所以在方法上又注重理论，又注重实践。换句话说不但要看文献，看书，还要到窑址去考察。而且古陶瓷具体的东西摆在桌上，一定要看它的造型，它的花纹，它的釉色，它的年款，我们从四方面来评定它时代的早晚，甚至它的美丑，所以我就养成了理论联系实际这种学习方法。至于发现汝窑窑址也是偶然到必然，1977年，我和我们的组长冯先铭

作者在利玛窦墓碑旁

到河南省宝丰去考察窑洞的时候，偶然发现了一片和故宫一样的汝窑的瓷片。当时我们两个有两种看法，他认为这是偶然有人扔在那里了，我不那样看。我觉得既然它是产瓷的地方，在窑址里出现就好像金矿出了一个金沙子，你就不能不考虑它跟地下的关联。因此一拖就是八年没有发表，因为他是组长，我是一般工作人员。1985年，“中国古陶瓷科学技术第二届国际研讨会”在北京香山召开，我参加了。当时我已经离开故宫了，所以我就写了一篇文章，让我们系北大考古系毕业的助教陈英英带到“中国古陶瓷研究会、中国古外销陶瓷研究会1985年郑州年会”，在会上发表了。

发表以后在会上就引起一些反响，以后当地有人到宝丰征集了一件瓷盘，就拿到我家让我看，他说看到您的文章就到那去访问，还拿了几个瓷片。我一看就是汝窑。为什么肯定是汝窑？刚才我没说清，我们两个人拿回来这个瓷片以后，曾经交给上海硅酸盐研究所化验，化验的结果和故宫的藏品基本上是一致的。因此我才有这个信心，才有这个勇气。后来上海博物馆馆长汪庆正（1986年我们都出席了古陶瓷研究会年会）发表文章说他们发现了汝窑，这个消息发布以后还召开了国际会。那一年本来英国要请我去讲汝窑，后来改请他去了。他发表以后香港有一个专家看见了，在香港一个杂志上说在这个“发现”以前还有发现。

问：因为您已经在学术会上公布了。

答：是。他想有意混淆视听，这一下闹一个大笑话，因为此人已经不在了，所以我不多说他了，就只说是这么一个曲折的过程。因此推迟我1991年才到英国去讲汝窑。

问：您的研究方法非常好，一方面我们要重视传统的方法，同时也要结合田野调查和新出土的文物。把理论文献和实践结合起来的研究方法，对我们做学问有很好的启发作用。

答：我的思路受父亲的启发，他发现定窑就是这个思路。

历来认为定窑就在定县，后来叫定州市，很多中国考古队，包括外国的考古人员都到定县去找，谁也找不到。我父亲那时从事考古，主要是为了改进现代陶瓷而去研究古代的一些配方与它的烧造方法，乃至用的原料。他没有去定县而在隔壁的曲阳县发现这个窑，以后世界都承认了。

我父亲利用什么方法？他的思路是文献记载的定县、定州不一定就在定县，因为过去地理的划分，唐朝、宋代，乃至辽金都不一样，有时候扩大，有时候缩小，那就要到周围的县去考察，他打破了局限性的思考，所以有这样的结果，我就是根据他老人家的思路来的。原来传说汝窑在临汝，临汝我去过三四次了，一共考察四五次，60年代就去考察，也不断发表论文，就是找不到。宝丰在邻县，与临汝挨着，清凉寺就在这里。后来我查文献，又听当地的老乡说，这里在1923年以前属于临汝，就是今天的汝州市，就是说在地理上也证明它原来不属于宝丰，后来划到宝丰的，所以思路是一样的。

问：这是受您父亲的影响啊。

答：因此这种方法还是有一定的作用，现在像邢窑的发现也是这样。

问：您写的《中国陶瓷史》是陶瓷史研究非常重要的著作。这本书编得非常好，很全面，而且编排方法、附图都很好。

答：原来我写的《中国陶瓷史纲要》，轻工业出版社印的，图版根本没法看，陶瓷的形状也看不清。那个时候是1982年，限于当时的条件，另外内容也比较简单。

问：这本书对陶瓷史研究的学科建设起了很大的作用。

答：书里的内容参考了历次我参加的中外研究会，有的专家发的一些材料，有些图、有些化验的数据也都放进来了，用的时间比较多一些。最近再版的比这还多。

作者考察古窑工作照

问：再版又增加了70多张图，共五六十万字。

答：这本书可以说是我离休以后下的工夫，不敢说起多大作用。最近三联通知我，他们和中国科学出版社签了约，已经印成日文，马上要在日本发表，就是说它对外还有一点作用。我编这本书，主要是因为我这几十年的精力差不多都放在这里，可以说是打下了基础。另一方面，我用了科学的方法，陶瓷是科学与艺术的结晶。所以利用了好多科学数据和图片来说明问题。在这以前也出版过陶瓷史，那是文物出版社编的，我们也参加了，故宫也参加了，那上头也有我的名字，现在好像比较旧了，因为事物在发展。关于方法，主要还是实践和理论相结合。一方面参考古代文献，一方面还要尊重传世的一些经验，像我的老师本来是琉璃厂的专家，将他教的一些鉴证方法尽量结合起来，然后拿科学数据、化验的结果来论证、说明。

我和他们比较不一样的看法，就是现在人家对古陶瓷都讲以稀为贵，越少越贵，现在拍卖市场上一件卖几亿的都有；但是我认为还有一个难能可贵，咱们是搞陶瓷工艺的，它在工艺上如果很难做到，很难烧成，那也很可贵，不能因为东西少就珍贵，稀少的东西很多，有的不值一顾。

问：您对清华大学美术学院陶瓷系、陶瓷专业的发展有一些什么好的建议？

答：我想建议，陶瓷史方面的教学应该放在陶瓷系比较好，因为各个学科都有史，化学史、物理史、建筑史。看过去排的课程表，陶瓷史和书法史前面都有一个米字花，米字花代表是这个系的主课，我离休以后这个课就没有了，史论系没有了，陶瓷系也没有了，两边都没了，有这么一段。最近好像陶瓷系恢复了一点。

问：恢复了，那是他们原来的课程。

答：但是陶瓷的内容包括了好多方面，像政治、历史、经济、科学、美术，不仅有史，也有论，就像我们的艺术史论系。我一再跟他们说，你们如果没有人才，我到故宫去给你们找，那里都是我的学生，人才是有，关键是学校的一些领导不大重视这个，这是其一。

第二，我在史论系讲的书法史，与书法也有所区别。书法以写为主，以创作，以美为主，史是以论为主，以评论为主。你讲史不会写字不成，不懂得美丑不成，光写字不能说出历史也不成，我们系里现在有邱才桢教课，他来过一次，没有机会跟他多交流。我觉得书法跟史是可以并存，不能因为有了书法就代替了史论，我们系有书法史论。这是我的两点建议。

至于我个人，离开学校之后我还不断在写作，也感到自己有些话还没说出来，不敢说是学问，就是有些见识，我看见过的东西，比我年轻的人没看见过，我知道的东西他不一定知道，但是我没有讲课的机会了，所以我只能写作，就写了这些书，这些书都是我离休以后写的。我现在还在写，写我的《书法史》，河北美术出版社马上要再版了，他们也拿到东南亚去发行，因为那边有些反映，华侨子弟都不知道中国的字是怎么来的，哪个是好的，哪个是坏的。

问：说到书法，您在绘画、书法方面也有很高的成就，您跟罗复堪、溥心畬、徐悲鸿先生都学过很长时间的书法、绘画。最近又看到清华大学出版社出版您的《中国书法通论》，这本书也很好，搜集了很多书法的图片，对书法一些重要的艺术问题、美学问题都作了一些探索。想听听您研究书法，特别是古文字的一些看法。

答：这些方面我不客气地说一下，好像比我研究古陶瓷的时间还长。因为我16岁就跟着罗复堪先生学习，在北大念书就学书法，我最喜欢书法。以后跟徐悲鸿先生主要也是学书法，徐先生喜欢我也是因为很多学生就是跟他学画，不问他的书法，徐先生书法水平很高，他是康南海的弟子，罗老师也是康南海的弟子。所以他有些高论，有些看法，甚至他有一本帖别人都没见过，我借来用一个暑假的时间用小刀刻下来，然后拿棉花在砖上拓出来。我拓了

1977 年作者参加《中国陶瓷史》编写工作会议留影

两本，一本给他，一本我留着，那个字很怪，但徐先生认为是非常好的。而且徐先生在临终前跟我说过这样的话，我作为老师应该提倡书法，现在好像没有太多青年人喜欢书法，我希望你维持下去，我相信将来文化建设高潮来了之后，农村会出来很多的天才，这是他的原话。我感到惭愧的就是徐先生对我的另外一点希望，他说："我希望你把最美的字集于一本书。"我作为他的弟子也没有做完，因为我把主要精力放在陶瓷上了。另外一个原因，遗憾的是我到今天也没参加中国书法家协会，我不敢说我是书法家。再不客气地说，我对他们还有些看法。今天没有这么多时间专谈书法，就谈一谈我对书法还抱有的期望。前一个礼拜我看《北京日报》，王明明是北京画院的院长，我不认得他，我看有很大的标题，他父亲已经96岁了，他弟弟在日本学习，他们三个人要开一个书法展览。他们认为现在的书法应该向画这方面发展，我也有点看法，这是值得考虑的。现在的书法不是传统的书法，这我就不多谈了，以后有机会咱们到系里交换一下意见。刚才说《中国书法通论》是学校帮我出版的，现在版权还给我了，我让河北美术出版社出了，我改了一个字，叫做《中国书法史论》。另外我加了很多内容，也换了好多碑帖。

问：刚才听您讲了从考古、科学的角度重新认识陶瓷史，书法史是否也应该结合这种方法？

答：关于书法史，我觉得应该采用和研究陶瓷史一样的方法，要注意考古，你看这个笔，战国的笔就这样，这是一个枣核形的，两头尖，当中像枣核的，跟一般的毛笔不一样，用来特别有力，它有弹性，特别好，现在这笔已经用秃了，这是景德镇画瓷的笔，我非常喜欢用这个笔，别的笔都不好用。同时，写史的人必须有扎实的基本功，写字的基本功。首先他能分辨时代早晚，其次是美丑。上回拿来的访谈提纲有这么一个问题，说我对专门史和通史的看法，这两个怎么分配。在史论系，当时我们有很多的幻灯片，我讲陶瓷史的时候借过来用。但是我一看那里不少时代有问题，但是我不好意思提出来，因为那是他们教工艺史的人用的，时代不对，我们搞古陶瓷看时代是比较有把握的。说明讲通史，必须把断代史和专业史搞得扎实一点，光高谈阔论不成，讲了半天，形容半天，一句话这是假的，你的脸就没地儿搁了。以前故宫就发生过这样的事，这个专家说得天花乱坠，那个专家就笑，说“那是我做的”，这一句话令人非常尴尬，所以两个人长时间不和，这种情况是难免的。所以，我主张必须在扎实的专业史、断代史的基础上讲通史，而不是说得天花乱坠，到时候东西拿出来不认得。这是我的第三个意见，希望注意这个事。

问：前不久请您到美院讲座，来了很多同学，包括外面的同学，还有清华其他学科的，他们都很受感动。以后有机会在您身体允许的情况下，我们再请您给我们的博士生、硕士生讲讲您的学术思想，讲讲书法，我们学生都会很高兴的。

答：孔子说他自己“学而不厌、诲人不倦”，这八个字我始终记着。只要活着，就应该起到这样的作用。

(访谈：陈池瑜　撰文：王家欢)